धूप ढलने के बाद
(उपन्यास)

TM

ISO 9001:2008

किताबघर प्रकाशन

नयी दिल्ली

धूप ढलने के बाद

महीप सिंह

प्रकाशक
किताबघर प्रकाशन
4855-56/24, अंसारी रोड, दरियागंज, नयी दिल्ली-110002
फोन : 011-23266207, 30180011 फैक्स : 011-23271844

E-mail : kitabghar_prk@yahoo.com • kitabgharprakashan@gmail.com
website : www.kitabgharprakashan.com

प्रथम संस्करण : 2015

मूल्य : दो सौ पच्चीस रुपये

मुद्रक : कुमार ऑफसेट प्रिंटर्स
381, पटपड़गंज इंडस्ट्रियल एरिया, दिल्ली-92

DHOOP DHALNE KE BAAD (Novel in Hindi)
by Dr. Maheep Singh
Price : ₹ 225

ISBN—978-93-85054-42-6

बेटी मनदीप और
जामाता रवीन्द्रपाल सिंह जग्गी
के नाम

माथे तिलक हथु गाना बाना
लोगन राम खिलउना जाना
(संत कबीर)

प्रारंभ

'अभी शेष है' और 'बीच की धूप' में अंतराल पांच वर्ष का था। तीसरे उपन्यास–'धूप ढलने के बाद' का अंतराल भी लगभग इतना ही है। यह त्रयी है, किंतु स्वतंत्र कृति के रूप में इसे पढ़ा जा सकता है। कुछ पात्र तीनों खंडों में आए हैं। आनंद सूत्रधार है, जो सभी को जोड़े रखता है। सुनंदा, मनजीत, इम्तियाज, कोमल, दयाकृष्ण, रश्मि, हेमंत सभी में हैं, किंतु कितने ही पात्र नए हैं जो अपनी उपस्थिति समय की आवश्यकतानुसार दर्ज कराते हैं।

ऐसी त्रयी लिखने का संकल्प मेरे लिए एक चुनौती थी। मैंने यह चुनौती स्वीकार कर ली इस आशंका सहित कि शायद इस जीवनावधि में इसे पूरा कर भी सकूंगा। मुझे संतोष इसी बात का है कि मैं चुनौती को साकार होते हुए देख रहा हूं।

धूप ढलने के बाद

अपार भीड़ थी। स्वामी सदानंद जी का प्रवचन चल रहा था। यह पांचवां दिन था। स्वामी जी के प्रवचन को आयोजित करने वाली प्रबंध समिति 'धर्म प्रचारिणी सत्संग सभा' के प्रबंध से स्वामी जी के निजी सचिव भाई संगत सिंह की जो बातचीत हुई थी उसके अनुसार स्वामी जी को पांच दिन प्रवचन करने के लिए एक लाख रुपए प्रतिदिन के हिसाब से दिया जाना था। आज यह अवधि समाप्त हो रही थी। संगत सिंह ने स्वामी जी को बताया–"स्वामी जी, यहां का काम तो संपन्न हो ही गया है। हमें सहारनपुर, हापुड़, हाथरस के निमंत्रण मिले हैं। वे आपको प्रवचनों के लिए आमंत्रित करना चाहते हैं। हमारी सभी शर्तें उन्हें स्वीकार हैं। किंतु यहां के प्रबंधक कहते हैं कि आपके प्रवचनों में नित्य आ रही भीड़ को देखते हुए उनकी इच्छा है कि आप अपने प्रवचनों की अवधि पांच दिन और बढ़ा दें। आपकी क्या आज्ञा है?"

स्वामी जी चुपचाप उसकी बात सुन रहे थे। उनकी आंखें कुछ अधमुंदी थीं। फिर सोचते हुए पूछा–"अभी तक की श्रद्धा-भेंट प्राप्त हो गई।" संगत सिंह बोला–"आप जानते ही हैं कि यहां की प्रबंध समिति के सचिव प्रतिदिन रात को आकर एक लाख रुपए दे जाते हैं। केवल आज की भेंट उन्हें देना है।"

स्वामी जी पहले जैसी ध्यानमग्न मुद्रा में बोले–"तुम्हारा क्या अनुमान है...नित्य इन्हें कितना चढ़ावा चढ़ता है?" वह बोला–"स्वामी जी, मेरा अनुमान है कि ढाई-तीन लाख रुपए प्रतिदिन चढ़ावे में अवश्य आ जाते होंगे। नकद चढ़ावे के अतिरिक्त बहुत से लोग कितनी ही अन्य चीजें चढ़ावे में ले आते हैं–खास तौर पर स्त्रियां तो चढ़ावे में बहुत से सोने के गहने दे जाती हैं। आपके प्रवचनों का जादू ही कुछ ऐसा है।"

"तुम ऐसा करो। हम अवधि कुछ बढ़ा देते हैं। उनसे कहो–आखिर उन्हें हमारे प्रवचनों के कारण ही इतना लाभ हो रहा है...स्वामी जी की भेंट राशि भी बढ़नी चाहिए। उनसे दो लाख प्रतिदिन की बात करो। उन्हें बताओ कि स्वामी जी को अपने लिए कुछ नहीं चाहिए...वे तो वीतराग हैं...ब्रह्मज्ञानी हैं। सभी लोगों के कल्याण के लिए उनके आदेश से विशाल आश्रम बन रहा है जिसमें एक विशाल सत्संग भवन भी बनेगा। इस कार्य के लिए बड़ी मात्रा में धन चाहिए।"

संगत सिंह ने सचिव से बात की। वह एकदम चौंक उठा–"यह धनराशि तो बहुत अधिक है। हम भी यह सारा आयोजन धर्म के लिए करते हैं...हमारा इसमें कोई निजी स्वार्थ नहीं है। हमारी संस्था भी श्रद्धालुओं से प्राप्त चढ़ावे से ऐसा धर्म-स्थान उसारना चाहती है जो सभी धर्मों को मानने वालों का साझा होगा। सभी धर्मों के मानने वाले लोग इसमें आ सकेंगे। इसमें कोई भेदभाव नहीं होगा।"

संगत सिंह बोला–"महाशय जी, स्वामी जी भी धर्म का काम कर रहे हैं। हमारे उद्देश्य समान हैं। हमें कितने ही स्थानों से बुलावे आ रहे हैं...लोग स्वामी जी के उपदेश सुनना चाहते हैं।"

कुछ देर तक दोनों में सौदेबाजी होती रही। अंत में डेढ़ लाख पर सहमति हो गई।

प्रवचन पांच दिन और चला। श्रद्धालुओं की भीड़ में कोई कमी नहीं हुई। स्वामी जी के शहर में बड़े-बड़े पोस्टर लगाए गए। शहर के हर कोने में बड़े-बड़े बैनर लगे हुए थे। प्रमुख स्थानों पर ऐसे होर्डिंग्स लगे हुए थे जिनमें आशीर्वाद की मुद्रा में स्वामी जी का बहुरंगा चित्र बना हुआ था।

संस्था के कर्मठ कार्यकर्ता विनोद चोपड़ा ने सुझाव दिया–"हमें समाचार-पत्रों में विज्ञापन देने चाहिए। इससे श्रद्धालुओं में बहुत प्रचार होगा। उनकी संख्या बहुत बढ़ेगी।" चंचल गुप्ता का सुझाव था–"हमें किसी लोकप्रिय टी. वी. चैनल से आधे घंटे का एक स्लाट लेना चाहिए। हो सके तो अपना खुद का चैनल प्रारंभ करना चाहिए। आजकल इससे अच्छा प्रचार का कोई साधन नहीं है।"

कार्य समिति में इस विषय पर खूब चर्चा हुई। समाचार-पत्रों में

विज्ञापन देना, टी. वी. पर प्रचार करना बहुत महंगा है। इसके लिए चढ़ावे की राशि में अच्छी-खासी वृद्धि होनी चाहिए।

बैठक समाप्त हुई। स्वामी जी के निजी सचिव संगत सिंह ने सभी को एक-एक लिफाफा पकड़ा दिया।

समाचार-पत्रों में बड़े-बड़े विज्ञापन प्रकाशित हुए। उनमें ब्रह्मज्ञानी स्वामी सदानंद का चित्र प्रवचन करते हुए दर्शाया गया था-यह संसार विनाश की ओर बढ़ रहा है। लोगों की भौतिक आकांक्षाएं सभी सीमाओं को लांघती जा रही हैं। ऐसे में धर्म का आश्रय ही एकमात्र आश्रय है। परमात्मा की शरण में आए बिना मनुष्य अपने दुःखों से मुक्ति नहीं प्राप्त कर सकता। स्वामी सदानंद जी सभी प्रकार के कष्टों, दुःखों से मुक्ति दिलाकर व्यक्ति, समाज तथा संपूर्ण मानवता को दुःख-निवारण का मंत्र देकर सदा आनंद की प्राप्ति कराने वाले महापुरुष हैं। उनके सान्निध्य में आकर असंख्य लोग लाभान्वित हुए हैं...

विनोद ऐसा विज्ञापन लेकर अनेक समाचार-पत्रों के दफ्तर में गया। वहां उसने सभी से आग्रह किया कि वे इसे विज्ञापन के रूप में न छापकर इसे एक समाचार के रूप में प्रकाशित करें। कुछ पत्रों में यह समाचार के रूप में छपा किंतु कुछ ने उसे प्रकाशित किया और अंत के बहुत छोटे अक्षरों में कोष्ठक में 'विज्ञापन' भी छाप दिया।

विनोद ने संगत सिंह को फोन किया-"संगत सिंह जी, आज के समाचार-पत्रों में आपने विज्ञापन देखा?"

वह बोला-"चोपड़ा जी, जो कुछ छपा है वह बहुत अच्छा है। स्वामी जी भी बहुत प्रसन्न हैं। आपको आशीर्वाद दे रहे हैं।"

"मैं कभी उनसे मिलने आ जाऊं?"

"क्यों नहीं...? आप संध्या समय कभी भी आ सकते हैं। फोन करके मुझे सूचित कर दीजिएगा।"

विनोद दूसरे ही दिन उनसे मिलने पहुंच गया। उसने देखा स्वामी जी बहुत प्रसन्न हैं। वह बोला-"स्वामी जी, आपको एक पी. आर. ओ. की बहुत आवश्यकता है।"

स्वामी जी के चेहरे पर कुछ ऐसा भाव आ गया जैसे वे विनोद की

बात को समझे नहीं हैं।

"स्वामी जी, यह प्रचार का युग है," वह बोला–"मैं चाहता हूं कि आपका संदेश जन-जन तक पहुंचे। आप देख ही रहे हैं कि आज के समाचार-पत्रों में जो विज्ञापन प्रकाशित हुआ है वह लाखों लोगों तक पहुंचेगा। हमारे सामने यह सुझाव भी है कि हम किसी टी. वी. चैनल के माध्यम से आपके संदेश को प्रसारित करें। ऐसे सभी आयोजनों को नियोजित करने के लिए, उनकी रूपरेखा बनाने के लिए आपको एक ऐसा सहायक चाहिए जो इस कार्य में निपुण हो। ऐसा व्यक्ति पी. आर. ओ. कहलाता है, पब्लिक रिलेशंस ऑफिसर।"

संगत सिंह पास बैठा सभी बातें सुन रहा था। बोला–"विनोद जी, आप बिलकुल सही कह रहे हैं। स्वामी जी तो संसार से पूरी तरह विरक्त हैं, किंतु उनके प्रवचन तो संसार के व्यक्तियों के लिए हैं...उनके कल्याण के लिए हैं। आपसे बेहतर कौन है जो यह कार्य कर सके। क्यों स्वामी जी?"

स्वामी जी मुस्करा दिए। बोले–"जैसा तुम लोग ठीक समझो।"

विनोद ने सिर हिला दिया–"यह मेरा सौभाग्य होगा।" वह चलने को उठा तो संगत सिंह ने एक लिफाफा विनोद के हवाले कर दिया।

विनोद ने स्वामी जी के प्रचार की पूरी रूपरेखा तैयार की। किन-किन नगरों में उनके प्रवचन कराए जाएंगे, उसके लिए वहां की किस संस्था से संपर्क साधा जाएगा, मीडिया के लोगों से कैसे बातचीत की जाएगी आदि बातें किस प्रकार नियोजित होंगी इसकी रूपरेखा भी बनाई गई। पहले उसने संधान नाम के टी. वी. चैनल के मालिक चंद्रमोहन से संपर्क किया। संधान टी. वी. चैनल से आधे घंटे का स्लाट तय किया गया, शाम को आठ से साढ़े आठ का समय। चंद्रमोहन ने बताया कि इस समय प्रसारित कार्यक्रम को प्रातःकाल भी दोहराया जा सकता है केवल एक-चौथाई अतिरिक्त फीस देकर।

विनोद ने स्वामी जी से बताया–"लाखों लोग रोज टी. वी. देखते हैं। हमारे चैनल को समाज का कौन सा वर्ग अधिक देखेगा पहले हमें इनकी पहचान करनी होगी।"

स्वामी जी बोले–"हमारे प्रवचन में महिलाओं की संख्या अधिक होती है।"

विनोद ने कहा—"इसीलिए मैं प्रातः का स्लाट भी लेना चाहता हूं। बच्चों को स्कूल भेजकर, पुरुषों के अपने कामकाज पर चले जाने के पश्चात् प्रायः गृहिणियां खाली हो जाती हैं। इसी प्रकार सायं सात बजे के आसपास वे खाली होती हैं। इस समय में हमारे चैनल को देखने वाले दर्शक बहुत हो सकते हैं।"

संगत सिंह बोला—"विनोद जी, जिन स्थानों पर स्वामी जी के प्रवचन होते हैं उनका सीधा प्रसारण हो इसकी व्यवस्था भी कीजिए।"

"यह भी हो जाएगा। संधान चैनल के मालिक चंद्रमोहन शर्मा मेरे बड़े मित्र हैं। जहां कहीं भी स्वामी जी का प्रवचन होगा वहां उनके चैनल के कैमरे रहेंगे जो सारे कार्यक्रम का सीधा प्रसारण करेंगे।"

गाजियाबाद में स्वामी जी के प्रवचनों का सात दिन का कार्यक्रम आयोजित हुआ। संधान चैनल द्वारा उसकी रिकॉर्डिंग की गई। शाम के समय स्वामी जी सहित संगत सिंह, विनोद तथा आश्रम के कुछ सेवकों ने अपने टी. वी. सेट पर उसे देखा। स्वामी जी, संगत सिंह और विनोद ने वहां जितनी भीड़ की आशा की थी उतनी नहीं थी, किंतु रिकॉर्डिंग में बीच-बीच में कैमरा जब दर्शकों, श्रोताओं की तरफ मुड़ता था तो अपार जनसमुदाय दिखाई देता था। स्वामी जी इतना विशाल जनसमुदाय देखकर प्रसन्न दिखाई दे रहे थे, किंतु उन्हें विस्मय भी हो रहा था। उनके मन में आया वहां इतनी भीड़ तो नहीं थी। संगत सिंह भी आश्चर्य से इधर-उधर देख रहा था।

विनोद मुस्कराता हुआ उन्हें देख रहा था। संगत सिंह पूछ बैठा—"चोपड़ा जी, कल के कार्यक्रम में इतनी भीड़ तो नहीं थी पर यहां से अपार भीड़ दिखाई दे रही है।"

"आखिर तो मैं आपका पी. आर. ओ. हूं। स्वामी जी का प्रवचन हो रहा हो और श्रोताओं की संख्या कम दिखाई दे यह तो ठीक नहीं। चंद्रमोहन जी के पास ऐसी कितनी ही रिकार्डिंग हैं...स्टॉक शाट्स हैं, जिनमें अपार भीड़ है, तेज बरसात है, ठंड से ठिठुरते लोग हैं, उड़ते हुए असंख्य पक्षी हैं...और कितनी ही चीजें हैं—बैक ग्राउंड में दिखाने के लिए। कल के प्रवचन के लिए हमने भीड़ के स्टॉक शाट्स का इस्तेमाल कर लिया। सब कुछ कितना प्रभावशाली दिखता है।"

2

आनंद क्लैमर में छपने के लिए आए एक विज्ञापन को सुनंदा के सामने रखता हुआ बोला–"जरा इसे पढ़ो।" सुनंदा पढ़ने लगी–"ब्रह्मज्ञानी स्वामी सदानंद जी सरस्वती के पावन सान्निध्य द्वारा सभी प्रकार के दुःखों से मुक्ति संभव है। देश के सभी भागों से श्रद्धालु उनके प्रवचन सुनकर दुःख-दर्द से मुक्त हुए हैं। आप भी यदि संकटों से घिरे हुए हैं, अशांत हैं, समस्याओं से पीड़ित हैं तो उनके चरण-जल को ग्रहण कीजिए। यह मात्र जल नहीं है...अमृत है। यह वही अमृत है जिसे देवताओं ने समुद्र-मंथन द्वारा प्राप्त किया था। इस पते पर संपर्क करके इस अमूल्य अमृत को प्राप्त किया जा सकता है।"

सुनंदा ने बड़ी कौतूहल भरी नजरों से आनंद को देखा–"आप इसे अपने पत्र में प्रकाशित करेंगे?"

"क्यों?" आनंद बोला–"यह एक विज्ञापन है। इसे छापने में क्या बुराई है?"

सुनंदा कुछ बोलने ही जा रही थी कि आनंद बोल पड़ा–"स्वामी जी के एक कर्मचारी कल शाम को आए थे। वे कह रहे थे–हमारे पत्र की बुद्धिजीवी वर्ग में बड़ी प्रतिष्ठा है। हम चाहते हैं कि पूज्य स्वामी जी का संदेश इस वर्ग में पहुंचे। हम नियमित रूप से यह विज्ञापन आपके पत्र में देंगे, परंतु हमारा एक निवेदन है। यह विज्ञापन, विज्ञापन नहीं लगना चाहिए। यह आपके प्रतिनिधि द्वारा भेजी गई रिपोर्ट जैसी लगनी चाहिए। आप इस मैटर में कुछ परिवर्तन करना चाहें तो कर सकते हैं।"

सुखराम ने दोनों के सामने चाय के प्याले रख दिए और बताया इम्तियाज साहब आए हैं।

इम्तियाज अंदर आकर एक कुर्सी पर बैठ गया।

आनंद ने विज्ञापन उसके सामने रखते हुए पूछा–"जरा इसे पढ़िए।"

उसे पढ़ते हुए वह हंसने लगा–"क्या जमाना आ गया है! अब संत-महात्मा भी अपना प्रचार इस तरह करने लगे हैं जैसे साबुन और टूथपेस्ट बेचने वाले करते हैं।"

सुनंदा बोली–"टूथपेस्ट या साबुन बेचने वाले पैसे लेते हैं तो उसके बदले में कुछ देते हैं..."

इम्तियाज बोला–"ये स्वामी जी तो यह दावा कर रहे हैं कि ये बदले में आपको दुःख-दर्द का मलहम बेचते हैं।"

आनंद ने पूछा–"इम्तियाज भाई, इस्लाम की दुनिया का क्या हाल है?"

"वहां भी बुरा हाल है," वह बोला–"अफगानिस्तान में अफीम की खेती जोर-शोर से हो रही है। सारी दुनिया में उसकी तस्करी होती है, उससे बेहिसाब पैसा कमाया जाता है। इस पैसे का इस्तेमाल कैसे होता है? यह मुल्क की तरक्की के लिए नहीं होता। उससे खतरनाक हथियार खरीदे जाते हैं। उनका इस्तेमाल किस तरह होता है आप अच्छी तरह जानते हैं।"

सुनंदा बोली–"इम्तियाज भाई, मुझे एक बात बताइए, क्या आपको यह नहीं लगता कि मुसलमानों का एक बड़ा तबका परसीक्यूशन फोबिया से ग्रस्त है। चाहे फिलीपींस हो, इंडोनेशिया हो, कश्मीर हो, चेचेन्या हो, सूडान हो, मिस्त्र हो, नाइजीरिया हो–हर जगह ये वहीं की सरकार के खिलाफ हथियार उठाए हुए हैं या आपस में लड़ रहे हैं।"

इम्तियाज यह सुन रहा था।

आनंद बोला–"एक बात मेरी समझ में नहीं आती, हालांकि यह समझने की मैं कोशिश लगातार करता रहा हूं। शिया-सुन्नी विवाद तकरीबन उतना ही पुराना है जितना इस्लाम है। खलीफा कौन हो, सारा विवाद इस बात के आसपास घूमा। इसमें हजरत मोहम्मद के बाद के तीन खलीफाओं अबूबक्र, उमर और उसमान को सुन्नी तो स्वीकार करते हैं, शिया नहीं करते। उनकी मान्यता है कि मोहम्मद साहब के

दामाद और उनकी पुत्री फातिमा के पति हजरत अली ही सही अर्थों में पैगंबर मोहम्मद के उत्तराधिकारी थे। यह विवाद उसी समय खूनी हो गया था। कर्बला के युद्ध में अली के दूसरे पुत्र हुसैन अपने बहुत से साथियों सहित मारे गए थे। तब से इस बात को लेकर शिया-सुन्नी सिर-फुड़व्वल करते आ रहे हैं–सारी दुनिया में।"

सुनंदा बोली–"अखबारों में मैं पढ़ती आ रही हूं कि इराक में अमेरिका ने और उसके अनेक साथी देशों ने हमला करके सद्दाम हुसैन के शासन को खत्म कर दिया। सद्दाम हुसैन सुन्नी था। आज का शासन शियाओं के प्रभुत्व में है। इतने बरस हो गए हैं वहां शांति के कोई आसार नजर नहीं आ रहे। रोज किसी न किसी बड़े ब्लास्ट की खबर अखबारों में छपती है जिसमें दस-बीस-पचास लोग मरते हैं। मारने वाले नाटो के सैनिक बहुत कम होते हैं। ज्यादातर लोग या तो सुन्नी होते हैं या शिया।"

इम्तियाज बोला–"मैं मानता हूं। अमेरिका या नाटो की सेनाओं के हाथों इतने लोग नहीं मारे गए जितने इराक में आपसी लड़ाई में मारे गए।"

"एक बात और..." आनंद बोला–"हिंदुस्तान में बसने वाले मुसलमानों का अपना अलग देश होना चाहिए। इस मुद्दे पर पाकिस्तान बना। पाकिस्तान बनाने में सुन्नी और शिया मुसलमानों ने मिलकर काम किया। सभी एक इस्लामी राष्ट्र की कल्पना कर रहे थे। मोहम्मद अली जिन्ना मुसलमानों के खोजा तबके में पैदा हुए थे, जिनकी गिनती शियाओं में होती है, लेकिन आज उस देश में शियाओं की क्या हालत है?"

इम्तियाज बोला–"इनसान की फितरत भी अजीब है। हम सभी कहते हैं कि खुदा ने सभी इनसानों को बनाया है फिर उनमें बेहिसाब तबके बना दिए। तबके बनाए ही नहीं उनमें भेद पैदा कर दिए, उनमें दुश्मनी पैदा कर दी, वे एक-दूसरे से लड़ने लगे।"

आनंद ने हंसते हुए कहा–"और इनसान को बनाने वाला खुदा अपने बंदों को लड़ता हुआ देखता रहता है–एक तमाशे की तरह। मैंने गुरु गोबिंद सिंह के रचे किसी सवैये में पढ़ा था–'बैर बढ़ाई, लड़ाई

सुरासुर आपन देखत बैठ तमासा।' परमात्मा ने सुर और असुर पैदा किए, फिर उनमें वैर पैदा कर दिया। फिर उन्हें आपस में लड़वाया और स्वयं यह तमाशा देखने लगा।"

इम्तियाज बोला—"आनंद साहब, इनसानों के बीच की यह लड़ाई इस मुल्क में भी सदियों से चली आ रही है। मैंने डॉ. राधाकुमुद मुखर्जी की पुस्तक 'हिंदू सिविलाइजेशन' पढ़ी है। उसमें ब्राह्मणों, बौद्धों और जैन धर्मों को मानने वाले लोगों में सदियों तक खूनी संघर्ष चला था, इसका बड़ा वर्णन मिलता है। धर्म-परिवर्तन का रुझान इस देश में मुसलमानों या ईसाइयों के आने के बाद से ही शुरू नहीं हुआ। पुराने जमाने में वैदिकों, बौद्धों, जैनों में खूब धर्म-परिवर्तन होता था। खास तौर से वैदिक धर्म के यज्ञ और पशुबलि से अलग होकर लोग बौद्ध या जैन धर्म स्वीकार कर लेते थे। इस रुझान के कारण वर्णाश्रमधर्मी ब्राह्मण बहुत बौखलाए। इसी के बाद इस देश में गृहयुद्ध जैसी स्थिति आ गई जिसमें ब्राह्मणधर्मी लोगों ने बौद्धों के धार्मिक स्थलों और जैन श्रमणों के चैत्यों का विध्वंस किया था। ये धर्म तो विदेशी नहीं थे। जैन और बौद्धकालीन जितनी खंडित मूर्तियां मिलती हैं उनकी कितनी बड़ी गिनती है।"

सुनंदा बड़े ध्यान से इम्तियाज की बातें सुन रही थी। बोली—"इम्तियाज भाई, मैं तो एक बात जानती हूं—जियो और जीने दो। मुझे एक सिद्धांत आज के समय में सबसे अधिक अनुकूल लगता है—सह अस्तित्व... कोइक्जिस्टेंस। आप अपना विचार या विश्वास लेकर रहिए और मुझे अपना विश्वास या भरोसा लेकर जीने दीजिए।"

सुखराम ने आकर बताया—हेमंत जी आए हैं। हेमंत को देखकर सभी चौंक गए। वह बहुत कमजोर और दुर्बल लग रहा था।

इम्तियाज बोला—"हेमंत बाबू, कितना वक्त कोमा में रहे? आनंद जी से मैं तुम्हारे बारे में पूछने ही वाला था।"

हेमंत ने पहले सुनंदा को फिर आनंद की ओर देखा। बोला—"बहुत से लोग तो इस हालत में बरसों पड़े रहते हैं। मैं तो जल्दी ही इससे उबर आया। सब सुनंदा दीदी और आनंद भाई साहब के कारण हुआ। इन्होंने मेरे बूढ़े मां-बाप को संभाला। रश्मि को टूटने से बचाया और मुझे..."

उसकी आंखें भर आईं–"मैं तो मौत के मुंह में चला ही गया था...इन्होंने मुझे खींचकर बाहर निकाल लिया।"

सुनंदा ने हेमंत के कंधे पर हाथ रखते हुए कहा–"जिन लोगों ने तुम्हारी जान लेनी चाही थी, वे खुद मौत के साए में जी रहे हैं। उनके साथ कमांडो चलते हैं, उनके खिलाफ अदालतों में मुकदमे चल रहे हैं। उनका जीना भी क्या जीना है। अच्छा यह बताओ...रश्मि से मिलना हुआ क्या?"

"मैं तो कोमा में पड़ा हुआ था। नर्स ने बताया वह मुझे देखने रोज आया करती थी। आपको यह तो पता ही है कि वह वर्किंग गर्ल्स हॉस्टल में रहती है। भाई से उसने नाता तोड़ लिया है।"

आनंद बोला–"दंगों के संबंध में जितनी रिपोर्टें प्रकाशित हुई हैं उन सबमें दयाकृष्ण का नाम बड़ी प्रमुखता से आया है। सरकारी तौर पर भी दंगों की जांच करने के लिए जितनी कमेटियां बनीं उन्होंने साफ-साफ तो कुछ नहीं लिखा है, पर यह जरूर लिखा है कि कांग्रेस के कुछ बड़े नेताओं ने भी दंगों को भड़काने में अहम भूमिका निभाई थी। ऐसे लोगों को लोकसभा का चुनाव लड़ने के लिए पार्टी टिकट नहीं देगी।"

सुनंदा ने बात का रुख बदलते हुए कहा–"हेमंत, जिस ट्रक ने तुम्हें टक्कर मारी थी, उसका ड्राइवर अभी तक नहीं पकड़ा गया है। देर-सवेर तो वह पकड़ा जाएगा ही। यदि उसने दयाकृष्ण का नाम ले लिया तो उनकी मुश्किलें और बढ़ जाएंगी। खैर, अब यह बताओ कि तुम दोनों का इरादा क्या है?"

उसकी बात पर इम्तियाज जोर से हंसा–"इनका इरादा क्या होना है। इन हंसों के जोड़े को मिला दीजिए...बस...।" सभी लोग हंसने लगे।

सुनंदा बोली–"हेमंत और रश्मि बड़ी कठिन परिस्थितियों में से गुजरे हैं। सच बात तो यह है कि कठिन परिस्थितियां व्यक्ति को बनाती नहीं हैं, बल्कि उसे उजागर करती हैं...उसे रिवील करती हैं। हेमंत और रश्मि ने सिद्ध कर दिया है कि परिस्थितियों ने उन्हें...उनके प्रेम को, उनके एक-दूसरे के प्रति समर्पण भाव को, उनके अंतस् को पूरी तरह रिवील कर दिया है–प्रकट कर दिया है।"

3

मोहन ने अपनी साइकिल एक ओर टिका दी और सीढ़ियां चढ़ने लगा। वह अभी आधी सीढ़ियों के बीच ही था कि उसे सुलेखा दिखाई दी। उसे देखकर वह मुस्कराया–"कैसी हैं, सुलेखा जी?"

सुलेखा ने उसे एक नजर देखा और कुछ पल उसे एकटक देखती रही।

"अच्छी हूं यह कहना मुश्किल है, पर अच्छी नहीं हूं यह कैसे कहूं? आप आते हैं, पिता जी के पास कुछ घंटे गुजारते हैं और चले जाते हैं। पिता जी के अलावा भी कुछ लोग यहां जीते हैं...मरते हैं, उनसे आपका कोई सरोकार नहीं है।"

मोहन ने देखा उसकी आंखें नम हो गई हैं। वह मुस्कराने की कोशिश कर रही है, पर आंखों की नमी उस मुस्कराहट में घुल-मिल गई है।

"सुलेखा जी, आपके पिता जी शहर के बड़े जाने-माने वकील हैं। मैंने भी लॉ की डिग्री ली है। इस फील्ड में अपने पैर जमाने के लिए मुझे किसी बड़े वकील की शागिर्दी करनी चाहिए।"

वह आगे की सीढ़ियां चढ़ने लगा। सुलेखा भी साथ-साथ चढ़ रही थी। बोली–"आप भी किसी को अपना शागिर्द बना लीजिए।"

फर्स्ट फ्लोर आ गया था जहां बैरिस्टर इंद्रजीत राय का ऑफिस था। बैरिस्टर इंद्रजीत राय किसी केस की पैरवी करने के लिए हाईकोर्ट में व्यस्त थे। दोनों आकर उनके ऑफिस में बैठ गए। चपरासी ने दोनों के सामने पानी के भरे गिलास रख दिए। बोला–"आज बैरिस्टर साहब को लौटने में देर हो सकती है।" उनका एक असिस्टेंट आहूजा कमरे में एक कोने में बैठा कुछ टाइप कर रहा था। वह वहीं से बोला–"केस बड़ा

उलझा हुआ है...जमीन-जायदाद का कोई झगड़ा है।"

मोहन सोच में पड़ गया–'कितना अच्छा होता...मैं बैरिस्टर साहब के साथ में होता। ऐसे पेचीदा केस से मुझे सीखने का कुछ मौका मिलता।'

"सचमुच कितना अच्छा मौका है।"

सुलेखा ने अपनी आवाज को दबाते हुए कहा–"चलिए, मुझे किसी अच्छी जगह चलकर कॉफी पिलाइए।"

कुछ देर में दोनों पार्क व्यू की ऊपरी मंजिल के रेस्तरां में बैठे कॉफी पी रहे थे।

"मैंने आपसे कुछ कहा था?" वह बोली।

"कुछ खास बात कही थी? मुझे याद नहीं आ रही है।"

सुलेखा की आंखें तरल हो गईं। मोहन का हाथ बीच की मेज पर टिका हुआ था। सुलेखा ने अपना एक हाथ उस पर रख दिया। मोहन ने देखा–आंसू की दो गर्म-गर्म बूंदें उसके हाथ पर आ गिरी हैं। उसने बहुत अचकचाकर उसे देखा–फिर उसके हाथ को अपने दोनों हाथों में ले लिया।

"सुलेखा...प्लीज, मुझे समझने की कोशिश करो। बैरिस्टर साहब की मातहती में मैं बहुत कुछ सीख रहा हूं। मुझे अपना करियर बनाना है। जब तक मैं कुछ बन न जाऊं, मैं और किसी बात के विषय में सोच नहीं सकता। और हां...तुम भी तो लॉ में ग्रेजुएशन कर रही हो, फिर बैरिस्टर साहब तुम्हें भी इसी प्रोफेशन में ले जाना चाहते हैं...तुम्हें भी एक कामयाब एडवोकेट बना देखना चाहते हैं। इस समय हम दोनों ही अपने करियर की तलाश में हैं। क्या हमें सारा ध्यान इस ओर नहीं देना चाहिए?"

सुलेखा फिर रुआंसी हो आई।

"इस ध्यान का क्या करूं, जो सदा तुम्हारी ओर लगा रहता है। इसके सामने करियर-वरियर की बात सूझती ही नहीं।"

"यही फर्क है हम दोनों में," मोहन बोला–"तुम्हारा करियर बना हुआ है। इस क्षेत्र में बैरिस्टर साहब...बैरिस्टर इंद्रजीत राय की तूती

बोलती है। वे जब भी चाहेंगे, किसी भी पोजीशन तक तुम्हें ले जाएंगे, पर मैं तो एकदम साधारण मां-बाप का बेटा हूं। यही बड़ी बात है कि पिता जी ने एक सामान्य सी सरकारी नौकरी से मुझे यहां तक पढ़ा दिया। मां सारी उमर स्कूल टीचर रहीं। अब दोनों रिटायर होने की स्थिति में आ गए हैं। तीन बहनों और एक छोटे भाई की पढ़ाई-लिखाई का भारी-भरकम बोझ मुझे अपने सामने सिर पर दौड़ता नजर आ रहा है। ...मैं अपनी जिम्मेदारियों से कैसे भाग सकता हूं।"

कॉफी ठंडी हो गई थी। दोनों के हाथ एक-दूसरे में गुंथे हुए थे।

4

आनंद को फोन मिला–"सर, मनजीत बोल रही हूं।"

"मनजीत!" आनंद ने चौंककर पूछा–"कहां से...अमेरिका से?"

उधर से उसकी खनखनाती हंसी सुनाई दी–"मैं दिल्ली आई हुई हूं। कल मिलने आऊं?"

आनंद बोला–"कल की बजाय परसों आओ तो ज्यादा अच्छा है। कल पेपर का नया अंक निकलना है। परसों आओगी तो आराम से तुम्हारे सामने बैठकर तुम्हारा हालचाल पूछूंगा।"

मनजीत आई। देखकर आनंद को धक्का लगा। चेहरे पर उम्र के निशान उभर आए थे। वह कुछ मुरझाया और ढला हुआ सा लगता था।

"कैसी हो गई मनजीत...कितनी बदली हुई लगती हो।"

"आप भी तो कितना बदले हुए लगते हैं...दाढ़ी में कितनी सफेदी झलकने लग गई है।"

"उम्र के कितने तकाजे होते हैं। अपना असर तो दिखाते ही हैं।"

मनजीत फिर हंसी–वही बरसों पहले की खनखनाती हुई हंसी–"वक्त ने किया क्या हसीं सितम, तुम रहे न तुम, हम रहे न हम..."

उसकी हंसी गूंजती रही।

"बेटा कैसा है?"

"ठीक है...।"

"क्या कर रहा है आजकल...बड़ा हो गया होगा...शादी के लायक...।"

"हां...पचीस का हो गया है। डाक्यूमेंटरी फिल्में बनाता है और उन्हें बेचता है। लगता नहीं कि उसकी कोई गर्ल फ्रेंड है...मेरी ओर से उसे पूरी छूट है।"

"तुम्हारे भाई-बहनों का क्या हाल है?"

"सब खुश हैं। मैं तो अपनी पुरानी जगह वाल्थम में ही हूं। वहां घर को फिर से बनवा लिया है। तीन-चार पेइंग गेस्ट रखे हुए हैं। उनसे गुजारा हो जाता है।"

"इस समय तुम्हारा आना कैसे हुआ?"

"पिता जी गुजर गए। एक सौ दो वर्ष के हो गए थे। वह तो आपको पता ही है। मम्मी जी कई साल पहले ही गुजर गई थीं। आखिरी उमर तक पिता जी एकदम ठीक-ठाक रहे। पहली मंजिल पर उनका कमरा था। खुद ही चढ़ जाते थे। खाना खाने के लिए खुद ही नीचे आ जाते थे।"

वह कुछ देर चुप बैठी रही।

"जितिंदर मेरी छोटी बहन, मेरे साथ ही रहती है...किसी स्टोर में काम करती है। पिता जी की अस्थियां लेकर हम दोनों बहनें आई हैं। पहले कीरतपुर साहब जाकर उनकी अस्थियां प्रवाहित की थीं...फिर तिलक नगर गुरुद्वारे में उनकी याद में अखंड पाठ रखवाया।"

"कोमल भाभी कैसी हैं?"

"ठीक हैं...गठिए की शिकायत करती रहती हैं।"

"और बेटा...आसू...अभितोष।"

"वह एम. बी. ए. कर रहा है।"

"और आपकी प्रिय असिस्टेंट...सुनंदा जी?"

इतने में सुनंदा ने कमरे में प्रवेश किया। वह कुछ क्षण मनजीत को देखती रही। फिर बोली-"तुम मनजीत हो ना? कितने बरसों बाद तुम्हें देख रही हूं। कितना बदल गई हो?"

"लेकिन आप ज्यादा नहीं बदली हैं। वैसी ही दिखती हैं जैसी तब दिखती थीं।"

उसने बड़ी मोहक दृष्टि से आनंद की ओर देखा-"आनंद साहब नहीं चाहते कि मैं बदलूं।"

मनजीत हंसी-"मैं भी नहीं चाहती कि आप बदलें। अगर आप बदल गईं तो सर का क्या होगा, उनके ग्लैमर का क्या होगा?"

उसकी खनखनाती हंसी फिर सुनाई दी।

"सर...मेरे में एक अजीब सा बदलाव आ रहा है। आध्यात्मिकता की ओर मेरा ध्यान लगातार बढ़ता जा रहा है।"

"यह तो अच्छी बात है," आनंद बोला–"जीवन में एक दौर ऐसा आ जाता है जब इनसान बड़ा खालीपन, भटकाव महसूस करने लगता है...ऐसी मानसिक स्थिति में, ऐसी उपरामता में बहुत से लोगों में आध्यात्मिकता की ओर रुझान बढ़ने लगता है। लगता है, तुम्हारे साथ भी यही हो रहा है।"

कुछ रुककर उसने पूछा–"पाठ करती हो?"

"डैडी जी और मम्मी जी तो नियमित पाठ करते थे। मेरी उसमें ज्यादा रुचि नहीं थी, कभी-कभी गुरुद्वारे चली जाती थी। वह भी एक रिचुएल की तरह। पिछले कुछ समय से जपु जी साहब का पाठ रोज करती हूं, पर ऐसा लगता है कि भटकन लगातार बढ़ती जा रही है। पिछले दिनों में आचार्य रजनीश को पढ़ने और समझने की ओर कुछ ध्यान दिया। ओशो ने मुझे काफी प्रभावित किया। मैंने कहीं ओशो की सुनी-कही या लिखी बात पढ़ी थी–मनुष्य को बुद्धिमत्ता प्राप्त करनी चाहिए। विजडम की ओर बढ़ना चाहिए न कि जानकारी या ज्ञान प्राप्ति की ओर (Go for Wisdom. Not knowledge) ज्ञान से अहम् की तृप्ति होती है। बुद्धिमत्ता (Wisdom) अहम् को मारती है।"

आनंद बड़े ध्यान से उसकी बातें सुन रहा था–"मनजीत, तुम तो बड़ी सयानी बातें करने लग गई हो।"

मनजीत हंसने लगी–"सर, पर ओशो से मेरा जल्दी ही मोह भंग हो गया। मुझे लगने लगा कि वे भी विजडम की बजाय नॉलेज की बातें ज्यादा करने लगे हैं।"

आनंद बोला–"क्या इस देश में तुम्हें ऐसा कोई व्यक्ति मिला, जिससे तुम प्रभावित हुईं...?"

"यही तो संकट है सर! बहुत से साधु, संतों, स्वामियों, तथाकथित ब्रह्मज्ञानियों से मिल चुकी हूं, परंतु ऐसा एक भी व्यक्ति नहीं मिला जिससे मिलकर मुझे तृप्ति मिली हो...जो सचमुच मेरी जिज्ञासा को शांत

कर सकता हो। ज्यादातर ढोंगी, झूठे, आत्म-प्रचार से लगे हुए, धन के लोभी लोग मिले। ऐसे लोग भी मिले जो कामवासना में गले तक डूबे हुए हैं। उस अवसर की तलाश में रहते हैं जब वे भोली-भाली लड़कियों का अपनी वासना की भूख मिटाने के लिए किसी प्रकार शोषण कर सकें। शायद आपने उस संत की बात सुनी होगी। जब उस पर यह आरोप लगा कि उसने एक नाबालिग लड़की के साथ कुकर्म किया है। उसने टेलीविजन पर एक इंटरव्यू में कहा कि 'वह तो ब्रह्मज्ञानी है। ब्रह्मज्ञानी ऐसे आरोपों के घेरे में नहीं आते।' लगता है ऐसे ब्रह्मज्ञानियों से यह देश भरा हुआ है।"

"और जगत् गुरुओं से भी," आनंद हंसा। इस संसार को जानना भी बहुत अच्छा है। ये सारे धर्म-गुरु, महात्मा, सत्गुरुओं का संसार कितने राग-द्वेष से भरा हुआ है इसे उनके नजदीक जाकर ही देखा जा सकता है।

मनजीत बोली-"सर, एक बात बताइए। मेरे जैसा व्यक्ति जब इस संसार में कुछ ढूंढ़ने को निकले तो क्या करे? ऐसे पाखंडियों के रूप-रंग, प्रवचन, आचरण को देखकर तो उसकी भटकन और बढ़ जाएगी।"

5

विनोद ने अखबार में छपे एक विज्ञापन की कतरन स्वामी जी के सामने रखते हुए कहा—"स्वामी जी, इस विज्ञापन को देखा है आपने?"

स्वामी जी मुस्कराने लगे—"देखा है। इन सज्जन के ऐसे विज्ञापन प्राय: छपते रहते हैं।"

"स्वामी जी, इन विज्ञापनों की दो विशेष बातें हैं—एक व्यक्ति के दु:ख निवारण के लिए ये महोदय जो मंत्र देते हैं उसके प्रभाव को देखकर संसार भर के वैज्ञानिक भी हैरान हो गए हैं। दूसरी बात कि संसार के बड़े-बड़े राजनेता यह मंत्र प्राप्त करने के लिए लालायित हो गए हैं।"

स्वामी जी के नेत्र मुंद गए। वे कुछ सोचने लगे। फिर बोले—"विनोद...कुछ ऐसी ही बात करो।"

"इसमें कोई कठिनाई नहीं है। इस देश में उस व्यक्ति को तुरंत मान्यता मिल जाती है जिसकी कुछ ख्याति विदेश में हो जाए। स्वामी विवेकानंद के साथ भी ऐसा हुआ था। शिकागो की धर्म संसद में दिए गए व्याख्यान से दुनिया भर में उनका नाम हो गया। वे विदेश से लौटे तो सारा देश अपनी पलकें बिछाकर उनका अभिनंदन करने लगा।"

"क्या ये महाशय भी विदेशों का चक्कर लगा आए हैं?"

"मुझे नहीं लगता," विनोद बोला—"आज प्रचार का युग है। कुछ भी प्रचारित किया जा सकता है। उदाहरण के लिए यह प्रचारित करने में कुछ भी नहीं लगता कि ब्रिटेन के हाउस ऑफ लॉर्ड्स के कुछ सदस्य आपके प्रवचनों से इतने प्रभावित हैं कि वे आपको वहां आमंत्रित करना चाहते हैं। भगवान् बुद्ध पर आपके कुछ व्याख्यान मैंने सुने हैं। जापान तो भगवान् बुद्ध को मानने वाला देश है। थोड़ा प्रयत्न किया जाए

तो वहां आपको आमंत्रित किया जा सकता है। ये महाशय भी तो अपने विज्ञापनों में यह प्रचारित करते हैं कि अमेरिकी सीनेट के बहुत से सदस्य उनके शिष्य बन गए हैं। किसके पास इतना समय है कि वह ऐसी बातों की सच्चाई का पता लगाता फिरे।"

स्वामी जी गंभीर सोच में डूब गए।

दूसरे दिन विनोद एक बड़ा सा विज्ञापन बना लाया जिसमें स्वामी जी को हाउस ऑफ लॉर्ड्स में बुलाए जाने और जापान में आमंत्रित किए जाने की संभावना व्यक्त की गई थी। और यह भी कि परम पूज्य तत्त्वज्ञानी स्वामी सदानंद जी को बौद्ध धर्म के अनुयायी देश जापान में वहां की जनता को भगवान् बुद्ध के सर्वमंगलकारी उपदेशों पर व्याख्यान देने के लिए ओसाका के कुछ नागरिकों ने एक समिति गठित की है। इस समिति की ओर से स्वामी जी को शीघ्र ही वहां आमंत्रित किया जाएगा।

स्वामी जी ने बड़ी भरपूर नजर से विनोद की ओर देखा। उनकी आंखों में अनेक प्रश्न उभर आए थे। विनोद ने उन प्रश्नों को पढ़ा और बोला–"स्वामी जी, मेरी एक योजना है। क्यों न हम यहां हिंदू-बौद्ध महासंघ की स्थापना करें। डॉ. अंबेडकर के प्रयत्नों से दलित वर्ग से लाखों लोगों ने बौद्ध धर्म स्वीकार कर लिया है। आर्थिक दृष्टि से भी यह वर्ग संपन्नता प्राप्त करता जा रहा है। इस वर्ग को आरक्षण मिलने के कारण राजनीति में उनका दबदबा बहुत बढ़ गया है। आरक्षण के कारण ही अब उनकी नियुक्ति बड़े-बड़े पदों पर होने लग गई है। डॉ. अंबेडकर तो अब रहे नहीं। इन्हें एक सुयोग्य नेतृत्व की बहुत जरूरत है। हमारा महासंघ यहां दोहरा काम करेगा। हिंदू पक्ष के लोग दलित वर्ग के लोगों को हिंदुत्व से दूर नहीं जाने देना चाहते। गांधी जी भी नहीं चाहते थे कि दलित वर्ग के लोग हिंदू दायरे से दूर चले जाएं। इसीलिए उन्होंने आमरण भूख हड़ताल भी की थी। इस वर्ग को आज जो आरक्षण मिला हुआ है, वह उसी अनशन का परिणाम है।"

स्वामी जी विनोद की बातों को बड़े ध्यान से सुन रहे थे। बीच-बीच में उनकी आंखें मुंद जाती थीं। उनके चेहरे पर जो भंगिमा दिखाई दे रही थी। वह बड़ी आश्वस्ति से भरी थी। विनोद को भी लग

रहा था कि वह उन्हें अपनी बात समझाने में सफल हो रहा है।

वह अधिक उत्साह से बोला–"ऐसे महासंघ को हिंदुओं का समर्थन तो मिलेगा ही नव बौद्धों को भी अच्छा लगेगा। बौद्ध धर्म स्वीकार करने के बाद भी कहीं अपने दलित होने का हीनताभाव उनमें बना हुआ है। सवर्ण हिंदुओं के साथ मंच पर बैठने के कारण उन्हें तृप्ति मिलेगी।"

"ऐसे महासंघ की शाखा जापान में भी खोली जा सकती है।"

"स्वामी जी, हमारा मुख्य उद्देश्य तो जापान में अपनी पैठ बनाना है।"

स्वामी जी बहुत संतुष्ट दिखाई दिए।

6

सुलेखा की आवाज थी–"मोहन जी, आप कभी फिरोजशाह रोड पर बने रिवाल्विग रेस्तरां में गए हैं।"

मोहन खीज उठा–टेलीफोन पर यह भी भला पूछने की कोई बात है। आज बैरिस्टर साहब ने उसे एक खास केस की फाइल देखने को कहा था–'यह फाइल देखो और इस केस की डिफेंस तैयार करो।'

"सुलेखा जी..." वह बोला–"जिंदगी एक रिवाल्विग रेस्तरां बनी हुई है। ऐसी जगह बैठे हुए व्यक्ति को आसपास का नजारा सदा बदलता हुआ दिखाई देता है, पर इस समय मैं बैरिस्टर साहब के चेंबर में बैठा हुआ हूं...मेरी नजर उस फाइल पर टिकी हुई है जिसे वह दे गए हैं।"

"आपसे बात करने का यही खतरा है।"

सुलेखा भी कुछ खीज रही थी–"बात कितनी भी रोमांटिक हो–आप उसका मलीदा बना देते हैं। मैं सिर्फ इतना चाहती हूं कि आप ऐसी दिलचस्प जगह पर मुझे कॉफी पिलाएं...हो सके तो चिकिन स्टेक खिलाएं।"

मोहन हंस दिया–"सारी दुनिया में लोग बीफ स्टेक खाते हैं, पर तुम वह तो नहीं खाओगी," कल का प्रोग्राम बनाता हूं।

"आज क्यों नहीं? अभी तो चार–साढ़े चार बजे हैं। पांच बजे तक आ जाइए।"

रिवाल्विग रेस्तरां में दोनों बैठे कॉफी पी रहे थे। दोनों चुप थे। फिर मोहन ठहाका लगाकर हंस पड़ा। बोला–"मैंने अपने किसी मित्र से सुना था–जापान में प्रेमी–प्रेमिका किसी रेस्तरां में आमने–सामने बैठे कॉफी पी रहे होते हैं। घंटों तक वे चुपचाप बैठे रहते हैं। कॉफी ठंडी हो जाती है, वे उसमें गर्म कॉफी और डलवा लेते हैं, पर उनकी चुप्पी नहीं टूटती।

कभी-कभी एक-दूसरे को देखते हैं और मुस्करा देते हैं। बिना एक-दूसरे से एक भी शब्द बोले बैठे रहते हैं। आज तुम भी एक जापानी लड़की की तरह चुप बैठी हो। चुप बैठना था तो मुझे यहां क्यों बुलाया?"

सुलेखा की आंखें भर आईं–"क्या बोलूं। सोचती हूं कि तुम मिलोगे तो तुमसे कितनी बातें करूंगी। सामने आ जाती हूं तो बोलती बंद हो जाती है। तुम्हारे सामने बैठना, तुम्हें देखना, तुम्हें छूना अच्छा लगता है।"

मोहन ने अपना हाथ बढ़ाकर उसके दोनों हाथों को दबोच लिया और उन्हें पलोसने लगा।

उसने अपने हाथ छुड़ाए, आंखें पोंछीं और बोली–"मोहन, शादी के बारे में तुम क्या सोचते हो?"

वह चौंका, फिर बोला–"मैंने कहीं पढ़ा था, शादी एक ऐसी किताब है जिसका पहला अध्याय कविता में लिखा होता है और शेष सभी अध्याय गद्य में लिखे होते हैं।"

उसकी हंसी से रेस्तरां गूंज उठा।

"क्या यह संभव नहीं कि ऐसी किताब का हर अध्याय कविता में लिखा जाए।"

वह फिर हंसा–"ऐसी किताब तो महाकाव्य बन जाएगी जबकि आज का युग बड़े-बड़े उपन्यास लिखने का है।"

"हम एक बड़ा सा उपन्यास क्यों न लिखें?"

"अपना उपन्यास कितने अध्याय का हो?" कहकर वह बड़े शरारती अंदाज में मुस्कराया।

सुलेखा के मुंह पर शर्म की लालिमा बिखर गई।

मोहन बोला–"क्या बैरिस्टर साहब इस संबंध को मान जाएंगे?" आज उनकी गिनती देश के इने-गिने संविधान-विशेषज्ञों में होती है। कितने ही संवैधानिक मामलों में सरकार भी उनसे सलाह लेती है। सुप्रीम कोर्ट के जज भी संविधान संबंधी उनकी व्याख्या की उपेक्षा नहीं करते।

"इन सब बातों का हमारे संबंध से क्या वास्ता?"

"सुलेखा...तुम बच्चों जैसी बातें करती हो। वास्ता क्यों नहीं है। मैं एक बहुत साधारण सा ट्रेनी हूं। कुछ बनने में मुझे बरसों लग जाएंगे।"

"मैं उनकी बेटी हूं।"

"यही तो बड़ी मुसीबत है। तुम किसी साधारण व्यक्ति की बेटी होतीं तो कोई मुश्किल न होती।"

7

दैनिक समाचार-पत्रों में एक पूरे पृष्ठ का विज्ञापन छपा। परम पूज्य स्वामी सदानंद जापान की यात्रा पर। वहां स्वामी जी अनेक विश्वविद्यालयों तथा सुधीजनों में भगवान् बुद्ध के संबंध में अनेक प्रवचन करेंगे।

ओसाका विश्वविद्यालय में डॉ. मधुकर उपाध्याय कई वर्षों से हिंदी का अध्यापन कर रहे थे। वे जापानी भाषा अच्छी तरह सीख गए थे। उन्होंने जापानी से हिंदी में कुछ रचनाओं का अनुवाद भी किया था। जापान के प्रसिद्ध लेखक यूकियोमिशीमा से वे बहुत प्रभावित थे। कुछ वर्ष पहले ही मिशीमा ने जापान के गौरव को लेकर हाराकिरी की थी। उनके इस प्रकार अपने प्राण देने की घटना से सारे संसार में सनसनी फैल गई थी। डॉ. उपाध्याय ने मिशीमा की कुछ रचनाओं का हिंदी में अनुवाद भी किया था।

विनोद का उनसे कुछ परिचय था। वे जब भी भारत आते थे स्वामी सदानंद के दर्शन करने दिल्ली अवश्य आते थे।

विनोद ने उन्हें सूचित कर दिया था कि स्वामी जी कुछ समय के लिए जापान आ रहे हैं। स्वामी जी के ठहरने और विश्वविद्यालय में उनके भाषणों की व्यवस्था में वे सहयोग करें।

डॉ. उपाध्याय ने एक संपन्न भारतीय परिवार में उनके ठहरने की व्यवस्था की और विश्वविद्यालय में उनके कुछ प्रवचनों का प्रबंध भी किया।

ओसाका विश्वविद्यालय में स्वामी सदानंद का पहला भाषण हुआ–बुद्ध और उनका युग। इस भाषण में उन्होंने वैदिक पृष्ठभूमि देते हुए आर्येतर और आर्य धर्म की चर्चा की और बौद्ध के प्रारंभिक रूप और मूल तत्त्व की व्याख्या की।

विश्वविद्यालय में उनके पांच भाषण हुए। हीनयान और महायान संप्रदायों का विश्लेषण, बुद्ध और बोधिसत्व का रूपांतरण, निर्वाण की कल्पना, विदेशों में बौद्ध धर्म के व्यापक प्रचार आदि पर उनके भाषण हुए। मीडिया और प्रबुद्ध समाज में उनके भाषणों की व्यापक चर्चा हुई। कुछ विवाद भी सामने आए। जापान में उभरे अनेक बौद्ध संप्रदायों के आपसी कलह पर भी बड़ी चर्चा हुई।

विनोद जानता था कि स्वामी जी के भाषणों की जितनी चर्चा जापान में होगी उतनी ही उनकी मान्यता अपने देश में बढ़ेगी। इसलिए वह वहां से ही सारी चर्चा की रिपोर्ट भारत में भेजता रहता था। उसने ऐसी व्यवस्था की कि जब वे भारत पहुंचें, एयरपोर्ट पर उनका स्वागत करने के लिए बड़ी संख्या में लोग आएं। समाचार-पत्रों में उनके वापस लौटने के बड़े-बड़े विज्ञापन दिए गए।

8

लोकसभा का चुनाव लड़ने के लिए इस बार दयाकृष्ण को टिकट नहीं मिला। उन्होंने बड़ी कोशिश की, पर सिख-विरोधी दंगों में उनकी सक्रिय भागीदारी की इतनी चर्चा हो चुकी थी कि हाईकमांड को लग रहा था कि विपक्षी दल उस बात को बार-बार उछालेगा। उनके वोट बैंक पर इसका खासा असर पड़ेगा। कुछ दिन पहले ही सत्ता दल के एक मंत्री जब एक प्रेस कॉन्फ्रेंस में बोल रहे थे तो दर्शकों में बैठे हुए एक व्यक्ति ने उन पर जूता फेंककर मारा था जिससे वे बाल-बाल बचे थे। पुलिस ने उसे गिरफ्तार कर लिया था। उसके कुछ साथी नारे लगा रहे थे–दयाकृष्ण को फांसी दो...फांसी दो।

इस घटना के कारण चारों ओर सनसनी फैल गई थी। मीडिया ने भी इसे बहुत उछाला था। दो-एक चैनलों ने इस घटना पर पैनल डिस्कशन भी आयोजित किए थे। दयाकृष्ण के समर्थक बहुत निराश हो गए थे। पार्टी का टिकट मिलने की अब कोई संभावना नहीं थी।

दयाकृष्ण की पत्नी कांता ने एक निमंत्रण-पत्र सामने रखते हुए कहा–"इसे पढ़िए...देखिए किस तरह आपकी लाडली बहन हम सबकी इज्जत बढ़ा रही है।"

दयाकृष्ण ने पत्र खोला। एक छोटा सा निमंत्रण था–मान्यवर, आपको यह जानकर प्रसन्नता होगी कि ईश्वर की अनुकंपा से हमारे पुत्र प्रो. हेमंत कुमार का शुभ विवाह श्री दयाकृष्ण (संसद सदस्य) की बहन सौभाग्यवती प्रो. रश्मि कुमारी से होना निश्चित हुआ है। विनम्र निवेदन है कि इस शुभ अवसर पर पधारकर वर-वधू को अपना आशीर्वाद प्रदान करें।

दर्शनाभिलाषी

शन्नो रानी, भगत राम

पत्र हाथ में लिए दयाकृष्ण खड़ा था–जैसे लकवा मार गया हो। गुस्से से उसकी आंखें लाल हो रही थीं। पत्र को हाथों में मरोड़कर उसने वहीं फेंक दिया। वह बुदबुदाया–"ये अभी जिंदा है...।"

कांता बोली–"जो हो रहा है होने दीजिए...हम इसे रोक नहीं सकते। इस समय वातावरण भी हमारे अनुकूल नहीं है। दुश्मनों को एक हथियार और मत दीजिए।"

दयाकृष्ण कुछ बोला नहीं, बेडरूम में जाकर आंखें बंद करके लेट गया। बंद आंखों से उसे रश्मि का चेहरा अपने चारों तरफ घूमता दिख रहा था।

सुनंदा ने पास के ही एक आर्य समाज मंदिर में उनके फेरों की व्यवस्था की थी।

आनंद ने कहा–"इन्हें कहीं हनीमून के लिए भेज देते हैं।"

सुनंदा बोली–"मेरे खयाल से अभी यह ठीक नहीं रहेगा। दयाकृष्ण चुप नहीं बैठेगा। कुछ समय तक इस जोड़े को अपनी देखरेख में रखना चाहिए। दयाकृष्ण को उसकी पार्टी ने टिकट नहीं दिया है। उसे टिकट मिल सके इसकी संभावना भी नहीं है। वह बहुत खीजा हुआ है। जब से उस मिनिस्टर पर जूता फेंकने की घटना हुई है, दंगों वाला मुद्दा फिर सुर्खियों में आ गया है। ऐसी स्थिति में वह कोई बेवकूफी भरा काम करेगा, ऐसी आशा तो नहीं है।"

सुनंदा हेमंत और रश्मि को अपने फ्लैट में ले गई।

आनंद अपने ऑफिस पहुंचा तो उसे विनोद चोपड़ा बैठा दिखाई दिया। वह बड़े तपाक् से आनंद से मिला–"आनंद जी, मैं काफी समय से आपकी राह देख रहा हूं।"

"पहले फोन कर देते तो अच्छा होता।" आनंद को उसका बिना बताए इस तरह आ जाना अच्छा नहीं लगा था। उसने पूछा–"कहिए... कैसे आना हुआ?"

"इससे पहले भी मैं आपसे मिल चुका हूं...मैं स्वामी सदानंद जी महाराज का सेक्रेटरी हूं...।"

"अच्छा...मुझे याद आया–एक बार आप उनके संबंध में एक

विज्ञापन लेकर आए थे।"

"आपने उसे छापा नहीं था," उसके स्वर में कुछ हताशा भरी हुई थी–"आपने कहा था, आप ऐसे विज्ञापन नहीं छापते हैं।"

"आप ठीक कहते हैं," आनंद बोला–"हम इस मामले में कुछ चूजी हैं।"

"किंतु इस समय मैं अंतर्राष्ट्रीय महत्त्व का एक समाचार लेकर आया हूं। आप जानते ही होंगे कि पिछले महीने ही स्वामी जी जापान की यात्रा करके आए हैं। स्वामी जी बौद्ध दर्शन और चिंतन के परम विद्वान् हैं। वहां उन्होंने अनेक विश्वविद्यालयों में विद्वत् जनों के सम्मुख इस विषय पर अनेक भाषण दिए। बौद्ध धर्म के विद्वानों से विचार-विमर्श किया। वहां के समाचार-पत्रों में इसकी व्यापक कवरेज भी हुई। कवरेज की कुछ कटिंग भी मैं लाया हूं...।"

कहते हुए विनोद ने उनके सामने अंग्रेजी तथा जापानी भाषा में प्रकाशित कुछ कतरनों को आनंद के सामने फैला दिया।

आनंद ने उन्हें सरसरी नजर से देखा–"आप मुझसे क्या चाहते हैं?"

"मैं भी...और स्वामी जी भी चाहते हैं कि अपने प्रतिष्ठित साप्ताहिक पत्र में स्वामी जी पर एक विशेषांक प्रकाशित करें।"

"यह स्वामी जी भी चाहते हैं?" आनंद ने पूछा।

"जी...स्वामी जी चाहते हैं..." विनोद बोला–"स्वामी जी आपसे मिलना भी चाहते हैं।"

"क्या वे हमारे कार्यालय में आ सकेंगे?"

"इसमें कोई कठिनाई तो नहीं है," विनोद बोला–"वैसे तो स्वामी जी अपनी गाड़ी आपको ले जाने के लिए भेज सकते हैं।"

आनंद ने सुनंदा की ओर देखा–"चलें स्वामी जी से भी मिल आएं।"

वह बहुत धीमी आवाज में बोली–"ऐसे लोगों के प्रति मेरी जो राय है, आप जानते हैं।"

"इसी बात के लिए मैं उनसे मिलना चाहता हूं।"

वह विनोद की ओर मुड़ा–"आपको गाड़ी भेजने की आवश्यकता नहीं है। इसका प्रबंध हमारे पास है। आप स्वामी जी से समय निश्चित करके मुझे बता दीजिएगा।"

दो दिन बाद विनोद का फोन आया–"स्वामी जी चाहते हैं कि आप कल प्रातः का जलपान उनके आश्रम में उनके साथ करें। प्रातः नौ बजे के आसपास...?"

"ठीक है।"

उस दिन आनंद और सुनंदा ठीक नौ बजे महरौली में बने उनके आश्रम में पहुंच गए। कुछ ताजे फलों के साथ सूखे मेवों वाला गर्म दूध उनके सामने आ गया।

आनंद ने बात शुरू की–"स्वामी जी, चोपड़ा जी ने बताया कि आप हमसे मिलना चाहते हैं।" स्वामी जी के चेहरे पर थोड़ा कतरी हुई दाढ़ी थी। भगवे रंग के कुर्ता-धोती के ऊपर रेशमी शॉल ली हुई थी। हाथ में एक सुमरनी थी और दोनों हाथों की दो-दो उंगलियों में अंगूठियां पहनी हुई थीं।

उनके चेहरे पर बड़ी लुभावनी आशीर्वादपरक मुस्कराहट फैली हुई थी। "हमने आपका समाचार-पत्र देखा है। कभी-कभी पढ़ता हूं। आपका पत्र बहुचर्चित है। विशेष रूप से पढ़े-लिखे बुद्धिजीवियों में उसका बड़ा सम्मान है। आपकी निर्भीकता की चर्चा भी हमने सुनी है। हमने सोचा–क्यों न आपसे मिलूं, आपके दर्शन करूं।"

"आपकी बड़ी कृपा है स्वामी जी। हमारा पत्र बड़े सीमित साधनों से निकलने वाला साप्ताहिक पत्र है...बस किसी तरह इस गाड़ी को खींच रहे हैं।"

सुनंदा अपने साथ लाए टेपरिकॉर्डर पर सब कुछ टेप कर रही थी। स्वामी जी की प्रश्नसूचक नजर उस पर पड़ी।

आनंद बोला–"आप सुनंदा जी हैं...क्लैमर में मेरे साथ काम करती हैं।"

सुनंदा ने अपने दोनों हाथ जोड़ दिए। स्वामी जी ने उसके सिर पर हाथ रखते हुए कहा–"देवी, आपका कल्याण हो।"

सुनंदा ने फिर सिर झुका दिया।

आनंद ने पूछा–"स्वामी जी, आप हमसे क्यों मिलना चाहते थे?"

स्वामी जी हंस दिए–"कितनी विचित्र बात है। कितने लोग हमसे मिलना चाहते हैं, जब से हम जापान प्रवास से लौटे हैं अगणित लोगों की जिज्ञासाएं बढ़ गई हैं। लोग अनेक प्रकार के प्रश्न पूछते हैं। मैं चाहता हूं कि आप अपने पत्र में एक कॉलम शुरू करें। उसमें हम लोगों की जिज्ञासाओं के उत्तर दिया करें। इससे बुद्धिजीवियों के मध्य भी हमारी बात पहुंच सकेगी।"

कुछ समय तक चुप्पी छाई रही।

"आनंद जी, इस कॉलम के लिए हम आपकी कुछ सेवा कर सकेंगे। मैं विनोद से कहूंगा, इस संबंध में वह आपसे बात कर लेगा।"

स्वामी जी ने संकेत किया–उनका एक सेवक कुछ फल, मिठाई और चाय रख गया।

स्वामी जी बोले–"हम चाय नहीं पीते। आप कहें तो कॉफी मंगवा दूं।"

"हमारे लिए चाय ठीक है," सुनंदा बोली–"स्वामी जी, मैं आपसे एक प्रश्न पूछना चाहती हूं।"

"यह तो बड़ी अच्छी बात है देवी जी। पूछिए...?"

"किस आयु में आप संन्यासी बने...यह भी कि आपने संन्यास क्यों धारण किया?"

प्रश्न सुनकर वे मुस्कराए–"आपका प्रश्न बड़ा सहज है साथ ही बड़ा कठिन भी...आप बता सकती हैं कि सिद्धार्थ गौतम संसार से विरक्त क्यों हो गए थे?"

सुनंदा जानती थी कि स्वामी सदानंद जी ऐसा प्रतिप्रश्न पूछ सकते हैं। वह बोली–"सिद्धार्थ गौतम एक राजकुमार थे। उनका विवाह भी हुआ था। वे संसार की नश्वरता देखकर उससे विरक्त हो गए थे। उनके संबंध में ऐसी अनेक लोककथाएं प्रचलित हैं।"

"संसार से विरक्ति का कोई कारण भी होगा।"

"उनकी विरक्ति क्यों हुई इस संबंध में अनेक लोककथाएं

हैं–आपने पढ़ी होंगी।"

"कोई भी व्यक्ति संसार से पूरी तरह विरक्त नहीं हो पाता। अनेक आसक्तियां उसे किसी न किसी रूप में घेरे रहती हैं। अपनी ही बात कहूं। हम संन्यासी अवश्य हो गए हैं, किंतु हम जानते हैं कि आज भी कितनी आसक्तियों से घिरे हुए हैं। लगता है कि विरक्ति भी एक प्रकार की आसक्ति है। जापान के इतने बड़े लेखक यूकियो मिशीमा को कहते हैं कि संसार से इसलिए विरक्ति हो गई थी कि साहित्य का नोबेल पुरस्कार उसे न मिलकर जापान के एक अन्य लेखक कावाबाता को मिल गया था, जिसकी उसे आशा थी। इस विरक्ति में से एक आसक्ति उसके अंदर जाग उठी। उसे लगा जापान अपना गौरव खो बैठा है। उसके देश की बड़ी उज्ज्वल परंपराएं हैं। उसे अपने देश की ऐसी परंपराओं को पुनः जागृत करना चाहिए। उसे देश की सामुराई परंपरा को गौरव देना चाहिए। उसने अपने कुछ साथियों के साथ टोक्यो के प्रधान सैनिक कार्यालय में जाकर पूरे सामुराई भेष में हाराकिरी कर ली, अपने पेट में सामुराई तलवार घुसेड़कर। सारे संसार में मिशीमा का नाम गूंज उठा।"

आनंद बोला–"स्वामी जी, एक बात बताइए। हंसते-हंसते फांसी के फंदे पर झूल जाने वाला भगत सिंह भी ऐसा ही एक व्यक्ति था।"

स्वामी जी हंस दिए–"जो व्यक्ति जितना बड़ा उद्देश्य लेकर जीवन जीता है वह जीवन से उतनी ही बड़ी आसक्ति रखता है।"

"इसका अर्थ यह हुआ कि जैसी विरक्ति अनुभव करके आप संन्यासी बने, उसमें कोई बड़ा जीवन लक्ष्य नहीं है।"

"आप ठीक कहती हैं देवी," स्वामी जी बोले–"जीवन में विरक्ति पैदा हुई थी। इतना बड़ा आश्रम बन गया है। असंख्य शिष्य बन गए हैं। विदेशों में भी बहुत बड़ा शिष्य समुदाय बन गया है। अनेक देशों से संदेश मिल रहे हैं कि वे वहां स्वामी सदानंद केंद्र बनाना चाहते हैं...मुझे वहां बुलाना चाहते हैं–आप ही बताइए यह सब कुछ विरक्ति या आसक्ति?"

"आज इस प्रपंच में आकंठ डूब गया हूं। संसार से कोई संबंध नहीं

रखूंगा...इससे पूरी तरह विरक्त हो जाऊंगा। अपने माता-पिता, भाई-बहन किसी से कोई नाता नहीं रखूंगा, पर पता नहीं कैसे नाता जुड़ गया। किसी मित्र के बहुत आग्रह के कारण हमने 'जीवन क्या है?' इस विषय पर एक छोटे से जनसमुदाय में भाषण दे दिया। लोग प्रभावित हो गए, स्थान-स्थान से बुलाने लगे...हमारे प्रवचन कराने लगे, हमें धन देने लगे...हमारी विरक्ति को फिर आसक्ति घेरने लगी। हमारे चारों ओर दलाल घूमने लगे। स्थान-स्थान पर हमारे प्रवचन हों, वे यह प्रयास करने लगे। श्रद्धा-भाव से जो धन वहां अर्पित होता था, उसकी बंदर-बांट होने लगी। हमारे अधिक से अधिक प्रवचन हों, अधिक से अधिक व्यक्ति उसमें आएं इसके लिए योजनाएं बनने लगीं...हम विरक्ति में अपनी आत्मा के लिए कुछ पाना चाहते थे, जानना चाहते थे। ईश्वर कहां है? क्या है उसका अस्तित्व? हम उसकी निकटता पाना चाहते थे, किंतु आसक्ति के मायाजाल ने ऐसा घेरा कि ख्याति मिली, धन मिला।"

9

दयाकृष्ण सचमुच बड़ा परेशान था। लोकसभा के होने वाले चुनाव के लिए उसे पार्टी का टिकट नहीं मिला था। वह अपने वोट बैंक को अच्छी तरह जानता था। वह अपने समर्थकों को भी अच्छी तरह जानता था। अपने पिछले कार्यकाल में उसने कितने ही लोगों के उलटे-सीधे काम किए थे। उनकी बहुत मदद की थी। उससे लोग बड़ी आशा लगाए बैठे थे। रोज उससे मिलने वालों की भीड़ उसके घर के आगे जमा हो जाती थी। आज भी वह लोगों की भरसक मदद करता था, किंतु दंगा पीड़ितों की संस्थाएं लगातार उसके खिलाफ प्रचार करती रहती थीं, सभाएं करती रहती थीं, प्रस्ताव पास करती रहती थीं, कितनी ही अदालतों में उसके खिलाफ मुकदमे चल रहे थे। वह बहुत सा धन देकर, लालच देकर, भय देकर कितनी ही गवाहियां तुड़वा चुका था, किंतु अभी भी कितनी ही गवाहियां अदालतों में आकर उसके खिलाफ बोलती रहती थीं।

इस समय सबसे चर्चित मुकदमा जगदीश कौर का था। उसने दयाकृष्ण पर आरोप लगाया था कि अपने मुहल्ले में लोगों को बहुत भड़काऊ भाषण देकर उसने जगदीश कौर के घर पर आक्रमण करवाया था। उस समय उसका पति जसवंत सिंह अपनी दुकान पर गया था, जो घर से कुछ ही दूरी पर है। भीड़ ने उसे घर से निकालकर निर्वस्त्र कर दिया था। कई लोगों ने उसके साथ बलात्कार करने की कोशिश भी की थी। संयोग से उसी दिन उसकी पड़ोसिन श्रीमती कृष्णा सोलंकी के घर सत्यनारायण की कथा थी, जिसमें कुछ औरतें आई हुई थीं। उन महिलाओं ने जब जगदीश कौर की बेइज्जती होती देखी तो मिसेज सोलंकी ने सबको ललकारा और चीखते हुए कहा—एक असहाय औरत

के साथ ऐसी वहशियाना हरकत करते हुए तुम्हें शर्म नहीं आती।

घर आई महिलाओं को साथ लेकर जगदीश कौर के चारों ओर घेरा डाल लिया। मिसेज सोलंकी का रौद्र रूप देखकर सभी दंगाई वहां से खिसक गए। महिलाएं जगदीश कौर को अपने साथ घर के अंदर ले आईं। उसे नए कपड़े पहनाए...उसे ढाढ़स दिया।

मिसेज सोलंकी स्वयं जगदीश कौर के घर जाकर उनके सहमे हुए बच्चों को अपने घर ले आई।

दंगाइयों ने जसवंत सिंह की दुकान पर भी हमला किया। जसवंत सिंह को घसीटकर दुकान से निकालकर पीटा गया और फिर मिट्टी का तेल डालकर उसे जिंदा जला दिया गया।

जगदीश कौर तथा उसके दोनों बच्चों को कई दिन तक मिसेज सोलंकी ने अपने घर रखा।

अदालत में जगदीश कौर अपने बयान से पलट नहीं रही थी। सबसे बड़ी बात तो यह थी कि बहुत दबाव पड़ने के बावजूद मिसेज कृष्णा सोलंकी अदालत में यही गवाही दे रही थीं।

बैरिस्टर इंद्रजीत राय दयाकृष्ण का मुकदमा लड़ रहे थे, उनकी दलीलों से दयाकृष्ण पर चलते कितने मुकदमे अदालतों से खारिज हो चुके थे। इस केस में उन्हें अधिक सफलता नहीं मिल रही थी। बड़े सारे उलटे-सीधे प्रश्नों के बावजूद मिसेज सोलंकी अपनी बात पर पूरे जोर से अड़ी हुई थीं।

मिसेज कृष्णा सोलंकी के पति बलदेव सिंह सोलंकी केंद्र सरकार के वित्त मंत्रालय में अंडर सेक्रेटरी थे। एक ईमानदार अफसर के रूप में सभी ओर उनकी इज्जत थी। कृष्णा सोलंकी अपने बयान से पलट जाए इस उद्देश्य से दयाकृष्ण उनसे मिला। सोलंकी उन्हें उस समय से जानता था, जब से वह संसद का सदस्य था। इस समय दयाकृष्ण का नाम जिस तरह मीडिया में उछल रहा था उससे उसकी ख्याति बहुत बढ़ गई थी।

मिस्टर सोलंकी प्रायः लोगों से अधिक नहीं मिलते थे। उनका मंत्रालय ही ऐसा था जिस पर रिश्वतखोरी के बहुत आरोप लगते थे।

दयाकृष्ण के एक मित्र परिवहन मंत्रालय में अंडर सेक्रेटरी थे।

दयाकृष्ण ने उससे मिस्टर सोलंकी को फोन करवाया–"बलदेव सिंह जी, मेरे एक मित्र हैं–दयाकृष्ण। आपने उनका नाम सुना ही होगा। आजकल वे बहुत संकट में हैं। उन पर कुछ आरोप हैं–वे आपसे मिलना चाहते हैं।"

"शर्मा जी, उन्हें कौन नहीं जानता। वे मुझसे क्यों मिलना चाहते हैं? मैं उनकी क्या मदद कर सकता हूं?"

"आप नहीं, आपकी पत्नी उनकी बहुत मदद कर सकती हैं। यदि वे करने को मान जाएं।"

"मैं समझ गया। उन पर चल रहे एक केस में कृष्णा एक गवाह है।"

"जी, सोलंकी जी, वह न केवल गवाह हैं बल्कि चश्मदीद गवाह हैं। बैरिस्टर इंद्रजीत राय दयाकृष्ण का मुकदमा लड़ रहे हैं, पर कृष्णा जी की गवाही उनकी दलीलों को बहुत कमजोर कर देती है। यदि कृष्णा जी उनके खिलाफ गवाही न दें...या कम से कम अपनी गवाही में कुछ रद्दोबदल कर दें तो मुकदमे का रुख पलट सकता है।"

सोलंकी ठहाका लगाकर हंसा–"शर्मा जी, आप कृष्णा को नहीं जानते। मेरी शादी हुए दस साल से अधिक हो चुके हैं। हमारे दो बच्चे हैं, पर सच पूछें तो मैं उसे जानता हूं। मैं दावा नहीं कर सकता। उसे जो ठीक लगता है, करती है...समझौता उसकी आदत में नहीं है। उसने उस दिन जो देखा और किया, उसने मुझे सब कुछ बताया। यह ठीक है कि उस दृश्य को हजारों लोगों ने देखा होगा, एक तमाशे की तरह। कृष्णा ने हिम्मत दिखाई और अपनी सहेलियों के साथ मिलकर उस स्त्री के मान-सम्मान की रक्षा की।"

दयाकृष्ण का नाम भीड़ को भड़काने के आरोप में सामने आया है। यह बात जगदीश कौर कह रही है। कृष्णा तो केवल वह कह रही है, जो उसने देखा था। इसमें बदलने वाली क्या बात है?

"आपकी बात ठीक है, सोलंकी जी, परंतु कृष्णा जी अपनी गवाही में यह भी कह रही हैं कि उन्होंने भीड़ को दयाकृष्ण की जय-जयकार

करते सुना था।"

"यह ठीक है। वह यह भी कह रही हैं," सोलंकी बोला–"कृष्णा ने वहां दयाकृष्ण को नहीं देखा था, किंतु लोगों को उसका जय-जयकार करते अवश्य सुना था। इस बात से वह नहीं मुकरेगी।"

दयाकृष्ण सोलंकी के घर नहीं गया, पर यह सोचता रहा कि मुकदमे का रुख कैसे बदला जाए।

दंगों में मारे गए लोगों का बदला लेने के लिए कुछ उग्र लोगों ने दिल्ली में कुछ लोगों की हत्या कर दी थी जिनके विषय में लोगों का कहना था कि उन्होंने दंगों में सक्रिय भूमिका निभाई थी और जिनके नाम दंगों की जांच कर रही कुछ संस्थाओं और उनके द्वारा प्रकाशित कुछ रिपोर्टों में आए थे। दयाकृष्ण को भी यही आशंका थी। सरकार ने उसे जेड प्लस की सुरक्षा दी हुई थी।

10

मोहन और सुलेखा उसी रिवाल्विंग रेस्तरां में बैठे थे। मोहन बोला–"सुलेखा, तुम्हें पता है न...बैरिस्टर साहब दयाकृष्ण का केस लड़ रहे हैं।"

"मैं कुछ नहीं जानती," वह बोली–"मैं सिर्फ एक बात जानती हूं...मोहन...मोहन...मोहन चाहे जितनी बार मुझसे लिखवा लो।"

"मुझसे सनद लिखवाना चाहती हो?"

"सनद की क्या बात है? यह स्पष्ट है। यदि मैं तुम्हें चाहती हूं तो तुम भी मुझे चाहते हो," उसने अपने दोनों हाथों में उसके दोनों हाथों को थाम लिया–"यह मानकर मत चलो कि जो स्पष्ट है वह सच भी है। और जो सच है वह आसान है।"

"यह इतना मुश्किल भी नहीं है।"

"हम दोनों बालिग हैं। कानून भी हमारे रास्ते में नहीं आता।"

मोहन बोला–"कानून की छोड़ो। तुम्हारे पिता जी को अच्छी तरह आता है कि कानून की गरदन किस तरह मरोड़ी जा सकती है।"

वह उसे एकटक देखने लगी।

मैं अभी तुमसे दयाकृष्ण की बात कर रहा था। दिल्ली के हजारों बेकसूर व्यक्ति पुलिस की नजरों के सामने बड़ी निर्दयता से मारे गए। कोई कानून उन्हें बचाने नहीं आया बल्कि देश का प्रधानमंत्री यह कहकर उस हत्याकांड को जस्टीफाई कर देता है कि जब एक बड़ा पेड़ गिरता है तो धरती हिलती ही है। बैरिस्टर साहब जिस व्यक्ति का केस लड़ रहे हैं, उसने अपने आदमियों से गुंडों के बीच शराब की बोतलें और रुपए इसलिए बंटवाए थे कि झुंड बनाकर जाएं और लोगों को लूटें और बेदर्दी से उनकी हत्या करें।

"मोहन तुम एक बात भूलते हो। पिता जी एक बड़े वकील हैं। यह

काम उनकी रोजी-रोटी का है।"

"सुलेखा, रोजी-रोटी के साथ कुछ नैतिकता भी जुड़ी होती है," मोहन कुछ उत्तेजित हो गया था–"बैरिस्टर साहब जिसकी वकालत कर रहे हैं, उसका अपना किरदार कैसा है? उनकी बहन एक लड़के से प्रेम करती थी। वह एक कॉलेज में पढ़ाता है। सुयोग्य व्यक्ति है, किंतु दयाकृष्ण को वह लड़का अपनी बहन के लिए इसलिए सर्वथा अयोग्य लगा क्योंकि उसका जन्म एक दलित परिवार में हुआ था। उन्होंने उस लड़के को मरवा डालने की पूरी कोशिश की। उसे एक ट्रक से कुचलवाने की कोशिश की। लड़का बुरी तरह जख्मी हो गया। लंबे समय तक कोमा में पड़ा रहा। मौत से लड़ता रहा। सौभाग्य से वह स्वस्थ हो गया है, कोमा से निकल आया है।"

सुलेखा की आंखों से आंसू बहने लगे–"उसके प्रेम का क्या हुआ?"

"उसके कुछ मित्रों के प्रयास से अब दोनों एक हो गए हैं। उनका विवाह हो गया है लेकिन अभी भी दोनों भयमुक्त नहीं हुए हैं। उन्हें लगता है, दयाकृष्ण आसानी से इस सच्चाई को स्वीकार नहीं करेगा...वह कुछ न कुछ जरूर करेगा।"

सुलेखा सोचने लगी। उसकी हालत भी तो दयाकृष्ण की बहन जैसी है। जब पिता जी को हमारे संबंध की बात पता लगेगी तो उनकी प्रतिक्रिया कैसी होगी। क्या वे इसे सहज स्वीकार कर लेंगे?

11

आनंद को अपने टेलीप्रिंटर से यह समाचार मिला। वह एकदम चौंक उठा। खबर थी, कुछ उग्रवादियों ने पंजाब के मुख्यमंत्री की हत्या कर दी है। वह सचिवालय से निकलकर अपनी कार पर सवार होने जा रहे थे कि एक उग्रवादी ने कहीं से निकलकर ताबड़तोड़ उन पर अपने रिवाल्वर से गोलियां चलाईं। उनकी छाती में दो और छाती से ऊपर एक गोली लगी। उनका एक अंगरक्षक भी इस गोलीबारी का शिकार हो गया। दोनों को पास के अस्पताल में ले जाया गया, जहां दोनों को मृत घोषित कर दिया गया। उग्रवादी वहां से निकल भागने में सफल हो गया। सारे पंजाब में रेड एलर्ट घोषित कर दिया गया है। पुलिस बड़ी सरगरमी से हत्यारे की तलाश कर रही है।

पंजाब में कुछ समय से शांति चल रही थी। उग्रवादी ठंडे पड़े हुए थे। मुख्यमंत्री ने कुछ दिन पहले ही यह दावा किया था कि प्रदेश से उग्रवाद और आतंकवाद को खत्म कर दिया गया है। अब राज्य में लॉ एंड ऑर्डर पूरी तरह कायम हो गया है।

इस घटना से फिर से चारों ओर भय और आतंक का वातावरण उभर आया है। आनंद ने चंडीगढ़ में अंग्रेजी दैनिक में ब्यूरो चीफ सुखबीर को फोन किया और सारी बात की जानकारी ली। सुखबीर कह रहा था–"पंजाब में शांति हुई दिखती थी। इसका कारण यह नहीं था कि दस प्रतिशत से कम लोगों द्वारा चुनी गई बेअंत सिंह सरकार बड़ी कुशलता से काम कर रही थी। इसका मुख्य कारण यह था कि पंजाब की जनता खाड़कुओं की गतिविधियों से तंग आ गई थी और शांति चाहती थी, पर इस शांति का सारा श्रेय बेअंत सिंह अपने सिर बांध रहे थे। वे ऐसे बयान दे रहे थे कि जैसे पंजाब की समस्या सिर्फ लॉ एंड

ऑर्डर की समस्या है जिसे उन्होंने हल कर दिया है। उनके बड़बोलेपन ने यह कांड करवा दिया।"

"क्या तुम्हें लगता है कि पंजाब के दुर्दिन वापस आ जाएंगे," आनंद ने पूछा।

सुखबीर बोला–"ऐसा लगता तो नहीं। यहां आतंकवाद की कमर टूट चुकी है, पर हमारा पड़ोसी देश इस आग को किसी न किसी तरह जलाए रखना चाहता है। आजकल दोनों देशों में तस्करी बड़े पैमाने पर हो रही है। इसमें नशीले पदार्थों की तस्करी सबसे ज्यादा हो रही है। इसका एक बड़ा अंतर्राष्ट्रीय नेटवर्क है। अफगानिस्तान में बड़े पैमाने पर अफीम की खेती होती है। इससे वहां के तालिबानी तत्त्वों को बड़ा धन मिलता है। पाकिस्तान इस देश में नशा तस्करी को बहुत बढ़ावा देता है। वह पंजाबी नौजवानों को ड्रग की दुनिया में ढकेल देना चाहता है।"

पंजाब के नौजवानों में ड्रग लेने के फैलते रुझान पर आनंद ने बहुत सुना और पढ़ा था। आज सुखबीर की बातें सुनकर वह बड़ा चिंतित हो गया। उसने क्लैमर के लिए इस विषय पर एक लंबा लेख लिखा। दूसरे दिन उसे चंडीगढ़ से सुखबीर का फिर फोन मिला–"मैं आपको एक कतरन भेज रहा हूं। आजकल पुलिस ने एक नया पैंतरा अख्तियार कर लिया है। बहुत से नौजवानों को वह उनके घरों से पूछताछ के बहाने उठा ले जाती है। फिर लंबे समय तक उनके बारे में कुछ पता नहीं लगता। या तो वे किसी झूठे मुकाबले में मार डाले जाते हैं या अंडर ट्रायल कहकर जेलों में पड़े सड़ते रहते हैं। जो कतरन मैं आपको भेज रहा हूं उसे पढ़िए। ऐसी घटनाएं नित्य हो रही हैं। कितने ही नौजवान ऐसे झूठे मुकाबलों में मारे जा चुके हैं। मैं चाहता हूं कि आप ऐसी घटनाओं को प्रकाश में लाएं और मीडिया में इसे उजागर करें।"

आनंद उस कतरन को पढ़ने लगा। पंजाब के उग्रवादियों को नियंत्रित करने और आतंकवाद को समाप्त करने के नाम पर पुलिस कैसी कार्रवाई करती है और निर्दोष लोगों को कैसे परेशान करती है, इसका पूरा विवरण इस रिपोर्ट में प्रकाशित किया गया था। गुरदीप सिंह नाम का व्यक्ति पंजाब स्टेट इलेक्ट्रिसिटी बोर्ड में काम करता था। एक

दिन एक पुलिस पार्टी उसे उसके गांव से पूछताछ की बात कहकर उठा ले गई। आठ महीने निकल गए हैं। उसके घर वालों को उसका कोई अता-पता नहीं मिला है। वे बहुत दौड़-धूप कर रहे हैं, पर निराशा ही उनके हाथ लगी है। उस इलाके का एस. एस. पी. यह बताने से इनकार करता है कि पुलिस उसे कहां ले गई है।

गुरदीप सिंह के परिवार वालों को यह पता नहीं है कि वह जिंदा है या मारा जा चुका है। वह सरकारी कर्मचारी था। उसके घर वालों को उसका मृत्यु प्रमाण-पत्र भी नहीं मिल रहा है जिसके आधार पर वे उसके लिए मुआवजा प्राप्त कर सकें।

इसी प्रकार सहराली गांव के अमरजीत को पुलिस ले गई। 6 महीने तक वह गायब रहा। घर वालों को उसके बारे में कुछ पता नहीं लगा। उन्होंने मान लिया कि झूठे मुकाबले में उसकी हत्या कर दी है। उसे मरा हुआ मानकर घर वालों ने उसका भोग भी डाल दिया और उसकी अंतिम अरदास भी कर दी। कुछ दिन बाद वह घर वापस आ गया। उसके किसी पहुंच वाले अमीर रिश्तेदार ने पुलिस अधिकारी को एक लाख रुपए रिश्वत देकर उसे छुड़ा लिया।

इस समय पंजाब में बहुत से ऐसे दलाल पैदा हो गए हैं, जो उन पीड़ित परिजनों को यह भरोसा दिलाते हैं कि हम तुम्हारे बंदे को पुलिस से मुक्त करा देंगे, हमें इतना रुपया दे दो। ऐसे लोग पुलिस अधिकारियों से भी अपना संबंध रखते हैं।

कतरनों के साथ सुखबीर का पत्र भी था—इस समय पंजाब में ऐसी घटनाओं की बाढ़ आई हुई है। यहां आतंकवादियों की गतिविधियां काफी कम हो गई हैं, पर पुलिस के जुल्म बहुत बढ़ गए हैं। आउट ऑफ टर्न तरक्की पाने के लिए निर्दोष लोगों को आतंकवादी घोषित कर झूठे मुकाबलों में उनकी हत्याएं कर दी जाती हैं। मानवीय अधिकारों की रक्षा करने वाली अनेक संस्थाओं ने ऐसी कुछ दुःखद घटनाओं की जांच-पड़ताल की है और अपनी रिपोर्ट प्रकाशित की है। ऐसी कुछ रिपोर्टें मैं आपको भेज रहा हूं।

आनंद यह पत्र पढ़कर बहुत गंभीर हो गया। वह क्लैमर में बड़े

विस्तार से यह रिपोर्ट छाप सकता था, पर इतना करने से कितना लाभ होगा? सरकार तो पुलिस के ऐसे कारनामों से खुश है। वह तो लगातार ऐसा प्रचार कर रही है कि पंजाब सरकार ने और वहां की पुलिस ने बड़ी दृढ़ता से आतंकवाद को कुचल दिया है।

सुनंदा कमानी हाल से एक नाटक देखकर आई थी। वह एक मराठी नाटक था–एक वृद्ध दंपती के दोनों बेटे कनाडा में जा बसे हैं। उन्होंने वहां अपना एक टी. वी. चैनल शुरू किया है, जो बहुत लोकप्रिय हो गया है। उस चैनल से उनकी अच्छी कमाई हो रही है, पर वृद्ध माता-पिता बड़ा एकाकी जीवन जी रहे हैं।

"आनंद जी, यह प्ले देखकर तो मैं हिल गई। कनाडा में दोनों बेटे अपनी सफलता से बहुत खुश हैं। यहां बूढ़े मां-बाप अकेलेपन की जिस यातनाओं से गुजर रहे हैं उसका उन्हें अहसास नहीं है।"

आनंद ने सुखबीर की भेजी कतरन उसके सामने रख दी–"लो इसे पढ़ो। बूढ़े मां-बाप की पीड़ा तो बहुत गहन है, किंतु जिन नौजवानों को बिना कोई कारण बताए पुलिस उठाकर ले जाती है, महीनों गुजर जाते हैं मां-बाप को पता नहीं लगता बेटा कहां है। वे खबरें सुनते हैं कि पुलिस के लोग उन्हें आतंकवादी बताकर जेलों में डाल देते हैं या झूठा एनकाउंटर दिखाकर गोली मार देते हैं। ऐसे मां-बाप की यातना को कैसे समझा जा सकता है।"

सुनंदा ने वह रिपोर्ट पढ़ी! बोली–"जिस प्ले को मैं देखकर आई हूं, उसमें वृद्ध दंपती को यह भरोसा है कि उनके बच्चे उनसे दूर तो हैं, पर जहां हैं वहां खुश हैं, लेकिन इन मां-बाप को तो यह भी पता नहीं कि उनके बच्चे कहां हैं, किस हाल में हैं...जिंदा भी हैं या नहीं।"

दोनों कुछ देर चुप बैठे रहे। फिर सुनंदा बोली–"आनंद जी, यह कतरन आप मुझे दे दीजिए। इसके आधार पर मैं एक लेख लिखूंगी। इसे अपने पत्र में तो प्रकाशित करेंगे ही, इसे एक न्यूज आइटम बनाकर अनेक पत्र-पत्रिकाओं में प्रकाशित कराने का प्रयास करूंगी। लेख की प्रतियां गृह मंत्रालय को भी भेजूंगी और विपक्षी पार्टी के संसद सदस्यों को भी भेजूंगी। मैं समझती हूं कि पंजाब में हो रहे ऐसे फेक एनकाउंटरों

के खिलाफ हमें पूरा अभियान चलाना चाहिए और ह्यूमन राइट्स के क्षेत्र में काम करने वाली संस्थाओं को भी जागरूक करना चाहिए।" सुनंदा के चेहरे पर उत्तेजना की कितनी लकीरें उभर आई थीं।

आनंद ने वह कतरन सुनंदा को दे दी। हंसते हुए बोला–"जब किसी कारण तुम उत्तेजित हो जाती हो तो कितनी सुंदर लगती हो।"

आनंद की बात सुनकर वह रिलैक्स हो गई, बोली–"अन्य किसी कारण उत्तेजित होने के दिन तो अब लद गए हैं।"

आनंद ने उसके दोनों हाथों को अपने हाथों में ले लिया–"क्या मेरा स्पर्श भी अब कुछ नहीं लगता?"

सुनंदा की आंखें बहुत तरल हो गईं। वह कुछ नहीं बोली।

12

रिवाल्विंग रेस्तरां में एकदम कोने की दो सीटों पर सुलेखा और मोहन बैठे हुए थे। सुलेखा ने अपने दोनों हाथों में मोहन का एक हाथ दबा रखा था।

"सारा जीवन ऐसे ही गुजर जाएगा," वह बोली।

"मैं समझता हूं कि हम दोनों ही ऐसा जीवन जीना चाहते हैं। इस समय हवा का रुख हमारे अपने अनुकूल नहीं है। हम चाहते हैं कि हमारी पतंग ऊंची से ऊंची उड़े, लेकिन हम दोनों जानते हैं कि पतंग हवा के विरुद्ध ऊंचे से ऊंचा उड़ सकती है, पर हवा के साथ नहीं। हम पतंग उड़ाना भी चाहते हैं और हवा के रुख को भी अपने अनुकूल रखना चाहते हैं। यह कैसे हो सकता है?"

सुलेखा की पकड़ और मजबूत हो गई–"मैं अपनी पतंग को हवा के विरुद्ध उड़ा सकती हूं...क्या तुम भी ऐसा कर सकते हो?"

"पता नहीं मैं क्या कर सकता हूं? मैं नहीं जानता कि यदि बैरिस्टर साहब को हमारे संबंधों का पता लग जाए तो उनकी प्रतिक्रिया क्या होगी? यदि वह अनुकूल नहीं हुई और उन्होंने मुझे निकाल दिया तो क्या होगा...!"

"मैं सोचती हूं कि हिम्मत बटोरकर स्वयं बात करूं," वह बोली।

"सोच लो..." वह बोला–"ऐसा न हो कि तुम्हारी ऊंची पतंग उड़ाने की इच्छा में मेरी पतंग कट जाए।"

पर ऐसी नौबत नहीं आई। इंद्रजीत राय ने घर में ही बने चेंबर में उसे बुलाया।

"सुना है...तुम आजकल मोहन से बहुत मिलती-जुलती हो?"

सुलेखा के पैर कांपने लगे। चेहरे पर पसीना झलक आया।

बोली–"दो-चार बार तो मिलना हुआ है।"

"दो-चार बार तो मिलना ठीक है, पर तुम्हें अपने करियर का भी कुछ खयाल है? तुम यह जानती हो कि मैंने तुम्हारे बारे में क्या सोच रखा है? तुम लॉ में ग्रेजुएशन कर लो...मैं तुम्हें ज्यूडीशियल सर्विस में ले जाना चाहता हूं...तुम्हें मजिस्ट्रेट...जज बनाना चाहता हूं। इसी क्षेत्र के किसी होनहार लड़के से तुम्हारी शादी कर दूंगा। जिस दिशा में तुम आगे बढ़ रही हो क्या वह तुम्हारे स्टेटस का है।"

"पिता जी, मैं मोहन से प्रेम करती हूं। वह बड़ा अच्छा व्यक्ति है।"

"लेकिन मैं उसे तुम्हारे योग्य नहीं समझता। वह मेरा असिस्टेंट है। वह इतना शार्प नहीं है कि अच्छा वकील साबित हो सके। पैर रगड़ते हुए ही उसकी जिंदगी गुजरेगी।"

सुलेखा कुछ नहीं बोली।

इंद्रजीत बोला–"आज तुम्हारी मां होती तो और बात थी। वह सारी बात को अच्छी तरह संभाल लेती। तुम मेरी इकलौती संतान हो...मैं तुम्हें कुएं में नहीं ढकेल सकता।"

सुलेखा से सारी बात सुनकर मोहन बोला–"मैं जानता था...यही होगा। बैरिस्टर साहब इस बात को कभी स्वीकार नहीं करेंगे। मुसीबत मेरी है। पता नहीं अब वे मुझे अपनी शागिर्दी में रखते हैं या नहीं।"

दो-चार दिन बाद ही इंद्रजीत ने सुलेखा को बुलाकर कहा–"मैंने तुम्हारे लिए एक बहुत अच्छा वर ढूंढ़ा है। मुंबई में भगवंत राय जी जाने-माने एडवोकेट हैं। उनके लड़के ने इसी वर्ष एल-एल. एम. की डिग्री ली है। अभी वह वहां के लॉ कॉलेज में पढ़ा रहा है। साथ ही अपने पिता को असिस्ट भी करता है। वह बहुत जल्दी जज बन जाएगा...बहुत उज्ज्वल भविष्य है उसका। सबसे अच्छी बात है कि ये लोग अपनी ही जाति-बिरादरी के हैं।"

"मेरे जिस करियर की बात आप कर रहे थे उसका क्या होगा?"

"जिस परिवार में तुम जाओगी उसमें वह करियर बनाना तुम्हारे लिए बहुत आसान हो जाएगा। भगवंत राय बड़ी ऊंची पहुंच के व्यक्ति हैं।"

सुप्रीम कोर्ट में एक मुकदमे के सिलसिले में भगवंत राय दिल्ली आए। साथ में उनका बेटा सुशांत राय भी आया। दोनों इंद्रजीत राय के साथ ही ठहरे। दोनों को सुलेखा बहुत पसंद आई। एक दिन सुशांत सुलेखा से बोला–"सुना है यहां एक रिवाल्विंग रेस्तरां है। वहां कॉफी पिलाइए ना।"

सुलेखा एकदम चौंक गई। रिवाल्विंग रेस्तरां में वे उन्हीं सीटों पर बैठे जहां वह मोहन के साथ बैठती थी। सुशांत ने कॉफी पीते-पीते पूछा–"इस वर्ष तो आप लॉ ग्रेजुएट हो जाएंगी...आगे क्या सोचा है?"

"पिता जी मुझे ज्यूडीशियल सर्विस में ले जाना चाहते हैं...। आपने एल-एल. एम. कर लिया है।"

"हां..." वह बोला–"वहां यूनिवर्सिटी के लॉ कॉलेज में पढ़ा रहा हूं। पिता जी के साथ भी काम करता हूं।"

वहां बैठे सुलेखा को लगता रहा–वह मोहन के साथ बैठी है और सपने बुन रही है।

कॉफी पीते-पीते सुशांत ने सुलेखा से पूछा–"हमारे पैरेंट्स हम लोगों का जो संबंध जोड़ना चाहते हैं उस बारे में आप क्या सोचती हैं?"

"इस संबंध में अभी मैं कुछ सोचना नहीं चाहती हूं।"

सुशांत को ऐसे उत्तर की आशा नहीं थी। वह कुछ उदास-सा दिखा।

"मैं आपसे यह नहीं पूछूंगा कि आपका कोई बॉय फ्रेंड है या नहीं?" वह बोला–"यदि आपने मुझसे यही बात पूछी तो मैं झूठ नहीं बोलूंगा...मेरी कुछ गर्ल फ्रेंड तो हैं। कुछ और भी थीं जो आज नहीं हैं। कितनों की शादियां भी हो गई हैं।"

सुलेखा की आंखों में प्रश्न उभर आया–"जो आपकी गर्ल फ्रेंड्स थीं और आज भी हैं, उनसे शादी के बारे में आपने नहीं सोचा?"

सुशांत हंस दिया–"गर्ल फ्रेंड का होना और उससे शादी करना दो अलग-अलग बातें हैं। वैसे ही जैसे किसी होटल में दो-चार दिन ठहरना और खाना खाना है। शादी घर बसाना होती है।"

"पर मैं तो यह मानती हूं कि ऐसा संबंध सिर्फ किसी होटल में

दो-चार दिन ठहरना नहीं है। वह जीवनसाथी होता है।"

वह फिर हंसा-"मुंबई में और दिल्ली में रहने में यही अंतर है मैडम।"

दिल्ली में दो-चार दिन रहकर भगवंत राय और सुशांत वापस चले गए। इंद्रजीत चाहता था कि बात यहीं पक्की हो जाए, किंतु भगवंत राय की व्यस्तता के कारण यह नहीं हो सका। मुंबई पहुंचकर सुशांत का सुलेखा को फोन आया। जितनी बार उसका फोन आता था वह उद्विग्न हो जाती थी। वह यही कोशिश करती थी कि उसका फोन वह न सुने।

13

स्वामी सदानंद की ख्याति निरंतर बढ़ रही थी। इस बीच उनके श्रद्धालुओं ने उन्हें अमेरिका तथा यूरोप के अनेक देशों में आमंत्रित किया। महर्षि सदानंद केंद्रों की अनेक देशों में स्थापना हो गई थी। अनेक समाचार-पत्रों में प्रवचन करते हुए उनके आधे-पूरे पृष्ठ के विज्ञापन छप रहे थे। विनोद बड़े श्रम से विज्ञापनों में छपने वाला मैटर बनाता था। एक विज्ञापन में प्रकाशित हुआ था कि परम पूज्य स्वामी सदानंद जी महाराज के सर्वकल्याण मंत्र के प्रभाव से अनेक रोगियों को अद्‌भुत लाभ हुआ है। जर्मनी में रहने वाली भारतीय महिला सुचेता गर्ग हृदय रोग से बुरी तरह ग्रस्त थीं। डॉक्टरों ने जवाब दे दिया था। उन्होंने अनंत शक्ति से विभूषित स्वामी जी के मंत्र का जाप प्रारंभ किया। तीन माह में सुचेता जी को लाभ हुआ। यह देखकर वहां के बड़े-बड़े डॉक्टर चमत्कृत हो गए। स्वामी जी के बीज मंत्र का प्रचार करने के लिए अब सुचेता देवी ने अपना घर-बार त्याग दिया है और सारे संसार में स्वामी जी के सर्वकल्याण मंत्र का प्रचार करने के लिए अपना जीवन समर्पित कर दिया है।

इसी प्रकार इंग्लैंड निवासी अमरप्रीत सिंह ने बताया है कि वह एक बार स्वामी जी के समागम में गया। वहां उसने स्वामी जी के सम्मुख अपनी व्यथा रखी। वह टी. बी. रोग से बुरी तरह पीड़ित था। उसके फेफड़े बुरी तरह प्रभावित थे। स्वामी जी का मिशन है—सर्वकल्याण। इस मंत्र को उन्होंने अपनी आध्यात्मिक शक्तियों से पूरी तरह सिद्ध किया हुआ है। अमरप्रीत पर भी उनकी कृपा हो गई। अब वह पूरी तरह रोगमुक्त हो गया है और स्वामी जी का भक्त बन गया है।

इस विज्ञापन में इसी प्रकार की तीन-चार घटनाएं और दी हुई थीं।

उस दिन स्वामी जी प्रातःकाल का प्रवचन देकर लौटे थे। एक सेवक ने उनके सामने वह अखबार रखा जिसमें एक पूरे पृष्ठ का वह विज्ञापन छपा था। विज्ञापन के अंत में एक सूचना छपी थी–"परम पूज्य गुरुदेव के समागम में तन, मन, धन से आप सादर आमंत्रित हैं। व्यक्तिगत भेंट द्वारा विशेष कृपा ग्रहण करने के लिए दिए गए फोन नंबरों और मुख्यालयों से संपर्क करें। उसी के नीचे पीले रंग के ब्लॉक में संसार के अनेक देशों के टी. वी. चैनलों के नाम और समय दिए गए थे जहां उनके रिकॉर्ड किए प्रवचन प्रसारित किए जाते थे। अंत में उनका वेबसाइट और ई-मेल दिए हुए थे।"

स्वामी जी नाश्ता करके अपने शयन कक्ष में विश्राम करने जा ही रहे थे कि विनोद आ गया।

"स्वामी जी, अब तो सारे संसार में आपकी बल्ले-बल्ले हो रही है," पास रखी कुर्सी पर बैठते हुए वह बोला।

स्वामी जी अपने पलंग पर लेट गए थे। अपनी छोटी सी दाढ़ी पर हाथ फेरते हुए वह बोले–"तुम्हारे जैसा पी. आर. ओ. हो तो किसी की भी बल्ले-बल्ले हो सकती है।"

"यह तो आपकी अनुकंपा है स्वामी जी।"

"विनोद, तुम्हें संगत सिंह की याद होगी?" स्वामी जी ने पूछा।

"हां...अच्छी तरह याद है। वह तो आपका सेवक था।"

"पर था बहुत बेईमान," स्वामी जी बोले–"मेरे प्रवचनों से जो धन प्राप्त होता था उसमें वह बहुत घोटाला करता था। जो संस्थाएं प्रवचनों का आयोजन करती थीं उनसे अच्छा-खासा कमीशन खा जाता था...और भी कितने प्रपंच करता था। फिर मैंने उसकी छुट्टी कर दी। सुना है अब वह किसी और संत के साथ जुड़ गया है।"

14

कमला अपने पति के साथ कल्याणपुरी में रहती थी। दंगे भड़के तो उसका पति महिमा सिंह उसकी चपेट में आ गया। उसकी साइकिलों की मरम्मत की एक छोटी सी दुकान थी। दंगाई भीड़ उसकी दुकान में घुस गई। उसी के औजारों से उसकी दुकान में बड़ी निर्दयता से उसकी हत्या कर दी। कमला से उसका विवाह हुए दो साल भी नहीं हुए थे। 22 वर्ष की आयु में वह विधवा हो गई। दंगाइयों के हाथों से वह इसलिए बच गई क्योंकि उसी दिन सुबह अपनी बड़ी बहन से मिलने के लिए गई थी।

उस समय संगत सिंह ने उसकी बड़ी मदद की थी। सरकार दंगों से पीड़ित लोगों को कुछ मुआवजा दे रही थी। संगत सिंह ने बड़ी भागदौड़ करके उसे मुआवजे की रकम दिलाई थी। दंगा-पीड़ितों की रिहाइश के लिए दिल्ली के संगम विहार में डी. डी. ए. द्वारा बनाए गए कुछ क्वार्टरों को देने की योजना में संगत सिंह के प्रयासों से उसे एक क्वार्टर मिल गया। कुछ स्वयंसेवी संस्थाओं की ओर से दंगा-पीड़ित विधवाओं को सिलाई मशीनें बांटी जा रही थीं, जिससे कुछ काम करके ऐसी विधवाएं अपनी रोजी-रोटी चला सकें।

कमला को फ्लैट दिलवाने, सिलाई मशीन दिलवाने में संगत सिंह ने बहुत प्रयास किया था।

दंगों के बाद कमला कुछ दिन अपनी बड़ी बहन के पास रही थी। अपने फ्लैट में वह अकेली थी। फिर अपनी बहन की सलाह पर उसने फ्लैट का एक कमरा एक गरीब परिवार को किराए पर दे दिया। उस परिवार में पति-पत्नी के साथ पांच वर्ष का एक बेटा था।

कमला दसवीं तक पढ़ी थी। एक दिन उसने संगत सिंह से कहा–

"वीर जी, आपने मेरे लिए बड़ा कुछ किया है। इस मुसीबत के समय मेरी बड़ी मदद की है। एक काम और कर दीजिए, मुझे कहीं छोटी-मोटी नौकरी दिला दीजिए।"

एक योजना उसके मन में कौंधी और दूर तक कौंधती चली गई। बोला–"तुमने स्वामी सदानंद जी का नाम सुना होगा। वे परम संत हैं। दुनिया भर में उनके भक्त फैले हुए हैं। यहां उनका एक बड़ा आश्रम है। उसमें बहुत से लोग रहते हैं। उनका भोजन भी बनता है, जिसे कुछ रसोइए बनाते हैं। तुम्हें वहां नौकरी दिलवा सकता हूं।"

एक दिन वह उसे स्वामी जी से मिलाने के लिए आश्रम ले गया। कमला ने बड़ी श्रद्धा से उनके पैर छुए थे।

उसे रहने के लिए आश्रम में एक कमरा मिल गया था। रसोई में अनेक लोगों के लिए भोजन बनता था। उसे रसोई में बनने वाले भोजन की देखभाल का काम सौंपा गया था। आश्रम में ही स्वामी जी का अपना निवास था। कभी-कभी स्वामी जी का भोजन लेकर वह उनके पास जाती थी।

फिर वही हुआ जो संगत सिंह चाहता था। कमला को देखते ही स्वामी जी की नसें फड़कने लगती थीं। गहरी बेचैनी उन्हें घेर लेती थी। उन्होंने संसार के कितने ही देशों की यात्रा की थी। उनके श्रद्धालुओं में कितनी ही महिलाएं होती थीं। उनके प्रवचनों में बड़ी संख्या में महिलाएं ही होती थीं। कभी-कभी उन्हें उनका आकर्षण भी महसूस होता था, किंतु उन्हें सदा ही यह स्मरण रहता था कि वे कौन हैं? श्रद्धालुओं की भीड़ उन्हें कुछ और सोचने का समय ही नहीं देती थी।

कमला के संपर्क ने उनके अंदर के पुरुष को जगा दिया जिसे उन्होंने एक बिगड़ैल घोड़े की लगाम की तरह संभाला हुआ था। अब यह लगाम उनके हाथ से छूटती सी जा रही थी। उनका सारा शरीर तेज अकड़न महसूस करने लगा। ऐसा महसूस होने लगा कि कमला पिघली हुई मोम की तरह उनके सारे शरीर से लिपट गई है। ऐसे ही किन्हीं दुर्बल क्षणों में वह उनके आगोश में आ गई। उसने स्वामी सदानंद को एक पूरे पुरुष में बदल दिया।

स्वामी सदानंद के प्रवचन निरंतर हो रहे थे। प्रवचनों में वही बातें कही जाती थीं जिन्हें वह पहले कहा करते थे, किंतु उन्हें स्वयं अनुभव होता था उनकी वाणी में अब वैसा ओज नहीं है जैसा हुआ करता था।

विनोद देख रहा था कि स्वामी जी के व्यवहार में कुछ विचित्र प्रकार का अंतर आ गया है। उनके चेहरे पर बड़ी उलझन, बड़ी उदासी, बड़ी ऊहापोह उसे महसूस होती थी। एक दिन वह बोला–"स्वामी जी, किसी भी संत या गुरु की महत्ता आम लोग इसलिए नहीं स्वीकार करते कि वह कितना विद्वान् है, वह देखते हैं कि यह व्यक्ति कितने चमत्कार कर सकता है। जो जितने चमत्कार कर सकता है वह उतना ही बड़ा सिद्ध-साधक माना जाता है। इस देश में इस समय चमत्कार-प्रदर्शन की होड़ लगी हुई है। कोई हाथ उठाकर अपनी दैवी शक्ति से ऐसी विभूति निकाल देता है जिसके सेवन से व्यक्ति के सारे संकट दूर हो जाते हैं।"

विनोद कुछ देर तक यह देखता रहा कि उसकी बात का स्वामी जी पर क्या असर हो रहा है। वह बोला–"संसार में क्या ऐसा कोई धर्म या समुदाय है जिनमें चमत्कारिक कहानियां न हों। इन्हीं किंवदंतियों के सहारे सारे संत, महर्षि, ब्रह्मर्षि, गुरु और औलिया बन जाते हैं। धीरे-धीरे लोग उन्हें अवतार मानने लगते हैं, भगवान् मानने लगते हैं। उनके साथ कितने अलौकिक कारनामे जुड़ जाते हैं।"

स्वामी जी उसकी बातें बड़े ध्यान से सुन रहे थे, "परंतु विनोद, मैं तो कोई चमत्कार नहीं करता।"

"स्वामी जी आप नहीं जानते कि अनजाने में आपसे कितने चमत्कार हुए हैं। आपको याद होगा, अमेरिका में एक भारतीय परिवार आपकी शरण में आया था। उनकी कोई संतान नहीं थी। संतान की चाहत में वे आपके पास आए थे। आपने उन्हें आशीर्वाद दिया कि उनकी मनोकामना पूरी हो जाएगी। उन सज्जन का फोन आया था। आपके आशीर्वाद से उन्हें पुत्र-रत्न प्राप्त हुआ है। वह आपके आशीर्वाद से धन्य हो गए हैं। पति-पत्नी अपने नवजात शिशु के साथ आपके दर्शन करने के लिए शीघ्र ही भारत आने वाले हैं।"

स्वामी जी ध्यानमग्न हो गए। उनके चेहरे पर अलौकिक आभा-सी

उभरने लगी।

"स्वामी जी, यह बात आपके ध्यान में नहीं है कि आपकी कृपादृष्टि से कितने लोगों के बिगड़े हुए काम बन गए हैं।"

विनोद ने अपनी सारी बात का एक ब्लू प्रिंट तैयार किया। सबसे पहले समाचार-पत्रों के लिए एक विज्ञापन तैयार किया गया। इस विज्ञापन में स्थान-स्थान पर स्वामी जी के प्रवचनों के कुछ अंश दिए गए–संसार में परमात्मा से बढ़कर कुछ भी नहीं है। विज्ञान ने भी ऐसी सनातन शक्ति को मान लिया है। सर्वकल्याण का मंत्र जो हम देते हैं उसे सदैव अपने मन में रखिए। इस मंत्र का पाठ करने से मन की सभी शंकाएं दूर हो जाती हैं। इस तथ्य को अमेरिका तथा अन्य देशों में स्वीकार कर लिया गया है। आज संसार के करोड़ों लोग इस मार्ग पर चल रहे हैं। असाध्य रोगों से पीड़ित लोगों को इस मंत्र का नित्य पाठ करने से रोग-मुक्ति मिली है।

विज्ञापन के अंत में लिखा था–यदि आप परम पूज्य सदानंद की विशेष कृपा चाहते हैं तो उनके द्वारा निर्मित कष्टनिवारक कवच धारण कीजिए। यह कवच पूज्य स्वामी जी द्वारा दिए गए सर्वकल्याण मंत्र से पूरी तरह अभिमंत्रित है।

विनोद द्वारा तैयार किए गए ब्लू प्रिंट की अगली बात थी–किसी टी. वी. चैनल से कुछ समय लेना और किसी आकर्षक महिला से उसे प्रस्तुत कराना। बीच-बीच में उस महिला द्वारा स्वामी जी का इंटरव्यू लेना और उनके द्वारा किए गए चमत्कारों का बड़ी श्रद्धा से विवरण देना। स्वामी जी की दिनचर्या पर मुंबई के किसी चर्चित डाक्यूमेंटरी बनाने वाले से एक डाक्यूमेंटरी बनवाना और सिनेमाघरों और टी. वी. चैनलों पर प्रसारित कराना।

विनोद के बनाए ब्लू प्रिंट को देखकर स्वामी जी बड़े प्रसन्न हुए। फिर कुछ सोचते हुए बोले–"विनोद, तुमने ब्लू प्रिंट तो बहुत अच्छा बनाया है, किंतु यह मुझे बहुत खर्चीला लगता है। इसके लिए तो बहुत सा धन चाहिए होगा?"

"धन तो चाहिए," विनोद बोला–"हमारे देश के आम व्यक्ति का

चरित्र बहुत विचित्र है। वह स्वयं भूखा रह जाए, गरीबी में जी ले, किंतु अपने भगवान् को न कभी भूखा रखता है, न अभावग्रस्त रखना चाहता है। जिसके पास नहीं है वह भगवान् से कुछ पाने की याचना करता है। जिसके पास कुछ है वह भी याचक है–हे भगवान्, तुमने जो दिया है वह तुम्हारी कृपा है। जो कुछ तुमने दिया है, वह वापस नहीं लेना और इसमें बढ़ोतरी करते रहना। मुझसे जो बनेगा वह मैं तुम्हारे लिए करूंगा। मैं तुम्हारे लिए मुकुट बनवाऊंगा। करोड़-दो करोड़ खर्च करके मैं सोने से जड़ा हुआ तुम्हारा मंदिर बनवाऊंगा।"

विनोद हंस रहा है–"इस देश में लोग भगवान् से मोल-तोल करते हैं–भगवान्, मेरा यह काम कर दो, सरकार से यह ठेका दिलवा दो, पत्नी बीमार है, उसे ठीक कर दो...बदले में तुम्हें इतने रुपयों का प्रसाद चढ़ाऊंगा, जो अमीर हैं वे भगवान् में इन्वेस्ट करते हैं–मैंने तुम्हारा रत्नजड़ित सोने का मुकुट बनवाया है, तुम कोई न कोई ऐसा जुगाड़ कर दो कि यह धन मेरे पास दोगुना होकर आ जाए...। तुम तो कृपालु हो, दयालु हो, बिन मांगे ही सबको देते हो...जो जो मांगे ठाकुर अपने से सो सोई सोई देवे...। हमारा धर्म-विधान चलता ही इस बात पर है कि भक्त सदा याचक बना रहे और भगवान् दाता बना रहे...। मुझे नहीं लगता कि आपको धन की कोई कमी रहेगी।"

विनोद अपने ब्लू प्रिंट पर काम करने लगा।

15

सुखराम ने बताया–हेमंत और रश्मि आए हैं।

इम्तियाज हंसा–"क्या हाल है हंसों के इस जोडे का?"

"इम्तियाज साहब..." हेमंत बोला–"यह जोड़ा अब मानसरोवर में मोती चुग रहा है...आप सबकी मेहरबानियों से। अगर आपका हाथ हमारी पीठ पर न होता तो हम कंकर चुग रहे होते। मुझमें और मौत में दो कदम की दूरी भी नहीं रह गई थी।"

रश्मि की आंखें नम हो गई थीं–"वे मेरे सगे बड़े भाई हैं। उन्हें मुझ पर तो कोई दया नहीं आई थी, पर आज मुझे उन पर, उनसे ज्यादा अपनी भाभी पर और दो नन्हे बच्चों पर तरस आ रहा है। वे बेचारे तो अपने ही घर में कैद हो गए हैं। घर में रहें तो पुलिस के घेरे में, बच्चे स्कूल जाएं तो पुलिस की निगरानी में। भाई साहब की हालत तो इससे बदतर है। मैं नहीं जानती कि दंगों में उनकी क्या भूमिका थी, पर कितना समय बीत गया है। दंगों की काली छाया सदा उनके सिर पर मंडराती रहती है।"

सुनंदा बोली–"अभी तक किसी अदालत ने दयाकृष्ण को दोषी नहीं ठहराया है, पर और कितनी अदालतों में उन पर कितने ही मुकदमे चल रहे हैं। मुझे नहीं लगता कि जल्दी उन्हें इससे छुटकारा मिलेगा।"

हेमंत बोला–"दंगों के बारे में जो काली किताब छपी थी उसमें बहुत से लोगों के नाम थे जिन पर यह आरोप है कि दंगों को भड़काने, दंगाइयों के अगुवा बनकर सिखों पर आक्रमण करने, उनकी हत्या करवाने में उनका हाथ था। उसमें दयाकृष्ण जी का नाम भी है। बाद में उग्रवादियों ने उनमें से कुछ लोगों की हत्या भी कर दी थी। इससे चारों ओर कितना सहम छा गया था। ऐसा लगने लगा कि जिनके नाम इस

काली किताब में छपे हैं, उग्रवादी उन्हें नहीं छोड़ेंगे। ऐसे सभी लोग पुलिस के संरक्षण में आ गए हैं। दयाकृष्ण और उनका परिवार आजकल इसी आशंका में जी रहे हैं।"

आनंद चुपचाप सभी की बातें सुन रहा था। मन ही मन वह चाहता था कि किसी अदालत द्वारा दयाकृष्ण को दोषी ठहराकर सजा दी जाए। इस संबंध में क्लैमर में लगातार लिखता रहा था, लेकिन इस समय रश्मि की व्यथा को भी वह समझता था।

"रश्मि, तुम्हारे संकट को मैं समझता हूं, पर दंगों, आरोपियों, अदालतों के रवैए के संबंध में हमारा स्टैंड सदा ही बहुत साफ रहा है। तुम्हारे साथ मेरी हमदर्दी है, पर इस संबंध में मैं शायद तुम्हारी कोई मदद नहीं कर पाऊंगा।"

रश्मि तुरंत बोली–"आनंद साहब, ये सारी बातें मैं जानती हूं। आज जिनके संबंध में, जिनके परिवार की व्यथा के संबंध में मैं जब कुछ कह रही हूं, वह केवल एक विडंबना ही मेरी नियति है। मेरे भाई ने मेरी अपनी राह में कितने कांटे बिछाए थे क्या मैं उन्हें भूल सकती हूं? इसी भाई ने मुझे सधवा बनने से पहले विधवा बनाने की जो कोशिश की थी वह मेरे जीवन का सबसे बड़ा त्रासदी भरा दिन था।"

सुनंदा ने रश्मि के दोनों हाथों को अपने दोनों हाथों से दबाते हुए पूछा–"रश्मि, इस बीच क्या कभी तुम्हारी कोई बात तुम्हारी भाभी से हुई है? क्या तुम कभी बच्चों से मिली हो?"

रश्मि की आंखों से झरझर आंसू बहने लगे–"उन्होंने मेरा पूरी तरह बॉयकाट किया हुआ है। उनकी नजर में मैंने बहुत बड़ा गुनाह किया है। मैं उस घर की चौखट पार नहीं कर सकती।"

सुलेखा और मोहन बैरिस्टर इंद्रजीत राय का रुख पूरी तरह जान चुके थे। वे इस संबंध को स्वीकार नहीं करेंगे। उन्हें यह अपना अपमान लग रहा था।

भगवंत राय की सामाजिक प्रतिष्ठा और धन-संपत्ति उन्हें अपने स्तर की लगती थी। सुशांत उन्हें पसंद आया था।

मोहन कह रहा था–"सुलेखा, तुम्हें अपनी जिद छोड़ देनी चाहिए।"

"जिद छोड़ दूं...? यह कैसी बात है?" वह तुनककर बोली–"क्या मेरी पसंद की कोई अहमियत नहीं है? पिता जी जहां मेरा रिश्ता जोड़ना चाहते हैं, वहां मैं नहीं चाहती। सुशांत को जितना मैं जान सकी हूं उसमें शादी-ब्याह जीवन की कोई गंभीर बात नहीं है। सब कुछ संयोग और सुविधा पर निर्भर करता है। विवाहिता पत्नी भी हो, साथ ही दो-चार गर्ल फ्रेंड भी हों कोई फर्क नहीं पड़ता। जो व्यक्ति जीवन में किसी भी बात, किसी भी संबंध को गंभीरता से नहीं लेता, हर चीज उसके लिए कैजुअल है, बस आने-जाने वाली है, उसके साथ जीवन नहीं गुजारा जा सकता। जीवन एक कैजुअल चीज तो नहीं।"

दो दिन पहले ही सुशांत का फोन आया था। फोन सुलेखा ने सुना था–"जानेमन, जब से तुम्हें मिलकर आया हूं, तुम्हारे बारे में सोचता हूं। हम दोनों की बात आगे नहीं बढ़ रही है। पिता जी बहुत बड़े वकील हैं, पर माता जी जाति-गोत्र में बहुत विश्वास करती हैं। दिल्ली से पिता जी तुम्हारी कुंडली यहां ले आए थे। मां ने तुम्हारी कुंडली बहुत से पंडितों को दिखाई है। तुम मंगली हो क्या? माता जी बहुत वहम कर रही हैं। मंगली दोष कैसे दूर हो सकता है। उपाय जानने के लिए वे कई पंडितों से पूछ रही हैं। मैं ऐसे वहमों को नहीं मानता, पर करूं क्या? इन्हें नाराज भी नहीं कर सकता। तुम ऐसा करो, कुछ दिनों के लिए यहां आ जाओ। मुंबई बड़ा रंगीन शहर है। हम दोनों मौज-मस्ती करेंगे...तुम बहुत एनज्वॉय करोगी। बोलो, कब आ रही हो?"

सुलेखा ने सुशांत से फोन पर हुई सारी बात मोहन को बताई–"यह मंगली क्या होता है, तुम कुछ जानते हो क्या?"

मोहन बोला–"कुछ सुना तो है पर पूरी तरह नहीं जानता। इतना जानता हूं कि जो मंगली होते हैं–उनका विवाह होना बड़ा मुश्किल होता है। आम तौर पर किसी मंगली लड़की का विवाह किसी गैर मंगली से नहीं किया जाता क्योंकि ज्योतिषी यह कहते हैं कि उसकी जल्दी ही मृत्यु हो जाती है।"

मोहन की बात सुनकर सुलेखा हंसी–"मेरा विवाह यदि सुशांत से

हो जाता है तो उसकी खैर नहीं। लगता है उसे यह पता लग गया है। इसलिए वह मुझे मुंबई बुला रहा है–सिर्फ मौज-मस्ती के लिए।"

"मोहन, तुम क्या सोचते हो?" सुलेखा ने पूछा–"अब तो तुम्हें पता लग ही गया है कि मैं मंगली हूं।"

"मेरे लिए तुम मंगली नहीं मांगलिक हो...मंगल करने वाली...शुभ करने वाली।"

सुलेखा खिल गई और उसके कंधों पर झुक गई।

इंद्रजीत राय को यह पता नहीं था कि सुलेखा मंगली है। वह भगवंत राय को लगातार फोन कर रहा था कि सुलेखा और सुशांत की जल्दी ही सगाई हो जाए, लेकिन वह बात को टालते ही चले जा रहे थे और उनकी पत्नी पंडितों-ज्योतिषियों के लगातार चक्कर लगा रही थी।

इंद्रजीत राय को यह समझ में नहीं आ रहा था कि भगवंत राय उसकी बात को टाल क्यों रहा है? उसने मुंबई में रहने वाले अपने चचेरे भाई को फोन करके सारी बात बताई और कहा कि वह भगवंत राय से मिलकर उनकी मंशा को जानने की कोशिश करे। उसने भगवंत राय से मिलकर इस रिश्ते के बारे में उनसे पूछा–"लड़की तो आपको पसंद है ना?"

"लड़की तो हमें पसंद है। सुशांत को भी पसंद है," भगवंत राय ने बताया, "मैं लड़की की कुंडली भी ले आया था। बीच में एक बड़ी अड़चन पैदा हो गई है। ज्योतिषी ने बताया है कि लड़की मंगली है। आप जानते ही हैं कि मंगली लड़की का विवाह मंगली लड़के से हो यही परंपरा है। सुशांत की मां बहुत डर गई है। वह आजकल पंडितों-ज्योतिषियों के चक्कर काट रही है और इस दोष के निराकरण के उपाय ढूंढ़ रही है। यही कारण है कि मैं इंद्रजीत जी को कोई उत्तर नहीं दे पा रहा हूं।"

चचेरे भाई ने सारी बात इंद्रजीत को फोन पर बता दी।

इंद्रजीत राय एकदम चौंक पड़े–"क्या बकवास है? इतना पढ़े-लिखे लोग हैं...पर कितने वहमों...अंधविश्वासों में फंसे हुए हैं। आज के जमाने

में ऐसी बेहूदा बातों को कौन मानता है। उन्होंने फोन पर भगवंत राय से बात की–"भगवंत राय जी, मुझे यह जानकर अत्यंत आश्चर्य हुआ कि आप आज भी कितने अंधविश्वासों और अवैज्ञानिक बातों में फंसे हुए हैं।"

भगवंत राय ने उत्तर दिया–"भाई साहब, सवाल मेरा नहीं है। सुशांत की मां इन सब बातों को मानती है, उन पर विश्वास भी करती है। मैं उसकी मान्यता के विरुद्ध तो नहीं जा सकता। एक बात बताइए–आपने बेटी की कुंडली बनवाई थी?"

"हां, बनवाई तो थी..." इंद्रजीत बहुत धीरे-धीरे बोले।

भगवंत राय बोले–"कुंडली इसलिए बनवाई जाती है कि विवाह जैसा संबंध जोड़ने से पहले लड़का-लड़की की ग्रहदशा का मिलान कर लिया जाए, अनुकूलता देखी जाए। क्या यह वैज्ञानिक है?"

"यह मैं नहीं जानता।"

"दोनों पक्षों की कुंडलियां पंडित-ज्योतिषी देखते हैं, जो स्वयं अंधविश्वासी होते हैं, परंतु हिंदुओं में यह परंपरा बनी हुई है। किसी लड़के-लड़की का मंगली होना भी ऐसा एक विश्वास है। ज्योतिषियों ने इसके साथ अनिष्ट भी जोड़ दिया है।"

इंद्रजीत को समझ में नहीं आ रहा था कि वह क्या उत्तर दे?

16

आनंद को पंजाब से एक लंबा, छपा हुआ पैंफलेट मिला। शीर्षक था—पंजाब में शांति और न्याय के लिए चंडीगढ़ में एक साझी कन्वेंशन। पैंफलेट में लिखा था—यह कन्वेंशन पंजाब की लगातार बिगड़ रही हालत पर गंभीर चिंता व्यक्त करती है। हत्याएं, अपहरण, बलात् धन बटोरने की घटनाओं में बढ़ोतरी हो रही है। राज्य में लोग डर और आतंक की छाया में जीवन जी रहे हैं। गांवों से नगरों और दूसरे राज्यों में प्रवास बढ़ता जा रहा है। इससे पंजाब की आर्थिक स्थिति प्रभावित हो रही है। अनेक उद्योगपति अपने उद्योगों को पंजाब से बाहर ले जा रहे हैं। प्रदेश में पूंजी-निवेश करने की रुचि समाप्त होती जा रही है। आतंकवादियों की गतिविधियां पंजाब से बाहर भी दिख रही हैं।

यह बहुत दुर्भाग्यपूर्ण स्थिति है। पंजाब में आतंकवाद के प्रसार में दस वर्ष से अधिक का समय हो गया है, पर समस्या के निदान का कोई सार्थक प्रयास नहीं हो रहा है। पिछले वर्षों के अनुभव से सहज ही यह निष्कर्ष निकाला जा सकता है कि पंजाब की इस स्थिति को उभरने देने की मुख्य भूमिका केंद्र सरकार की है। सत्तारूढ़ दल अपने दलगत स्वार्थों की पूर्ति के लिए राष्ट्रीय हितों की अवहेलना करती रही है।

समस्या के प्रति लोगों को जागरूक करने के लिए ऐसे कन्वेंशन प्रत्येक जिले में किए जाएं, ऐसा निर्णय लिया गया।

पत्र सुनंदा ने भी पढ़ा और सोचने लगी।

आनंद बोला—"सुनंदा, मैं सोचता हूं कि मुझे एक चक्कर पंजाब का लगाना चाहिए। वहां के पत्रकारों से, बुद्धिजीवियों से मिलना चाहिए और हालात का जायजा लेना चाहिए।"

"मेरा बहुत मन करता है कि मैं भी आपके साथ चलूं...पर कैसे चलूं?"

"तुम्हारी हिचकिचाहट मैं समझता हूं," आनंद मुस्कराया–"ऐसा करते हैं कि एक ग्रुप बनाते हैं–फ्रेंड्स ऑफ पंजाब। इम्तियाज को भी साथ ले लेते हैं। मेरे एक मित्र हैं, यहां एक कॉलेज में पढ़ाते हैं। उन्हें भी साथ ले लेते हैं। तुम भी चलो।"

"यह ठीक रहेगा," सुनंदा बोली–"अपनी गाड़ी में चलते हैं।"

फ्रेंड्स ऑफ पंजाब ग्रुप का पहला पड़ाव लुधियाना था। चंडीगढ़ से सुखबीर भी आ गया था। कुछ दिन पूर्व ही वहां विधान सभा के चुनाव हुए थे। अकाली दल ने चुनाव का बहिष्कार किया था। केवल दस प्रतिशत मत लेकर वहां कांग्रेस की सरकार बन गई थी। वहां कुछ सक्रिय लोगों ने प्रेस कॉन्फ्रेंस आयोजित की थी। आनंद ने एक पत्रकार से पूछा–"सरकार दावा कर रही है कि उसने पंजाब में से आतंकवाद को पूरी तरह कुचल दिया है। हमें जो समाचार मिल रहे हैं उसमें तो आतंकवादी घटनाएं रोज ही होती हैं, ऐसा बताया जा रहा है। आप क्या सोचते हैं...और देखते हैं?"

एक दैनिक पत्र से जुड़े पत्रकार ने उत्तर दिया–"समस्या के प्रति सरकार की मानसिकता शुतुरमुर्ग जैसी है, जो संकट आने पर मिट्टी के ढेर में अपनी गरदन छुपा लेता है और सोचता है कि कोई संकट नहीं है।"

एक अन्य पत्रकार ने कहा–"यहां उग्रवाद, आतंकवाद व्यापार बन गया है। आतंकवादी बनकर कितने ही अपराधी तत्त्व आम लोगों को लूटते हैं और पुलिस किसी भी निर्दोष व्यक्ति को आतंकवादियों का साथी बताकर उठा ले जाती है। या तो किसी झूठे मुकाबले में उसकी हत्या कर दी जाती है या बहुत सी रकम लेकर उसे छोड़ दिया जाता है। सामान्य जनता दोनों ओर से पिस रही है।"

एक अन्य पत्रकार ने फेक एनकाउंटर की एक घटना सुनाकर फ्रेंड्स ऑफ पंजाब ग्रुप के सभी सदस्यों को विचलित कर दिया। सतवंत सिंह माणक, जो एक ब्लैक कमांडो रह चुका था, ने कुछ दिन पूर्व पंजाब–हरियाणा हाईकोर्ट में अपनी याचिका में यह रहस्य खोला कि

पंजाब पुलिस ने उसकी आंखों के सामने ग्यारह व्यक्तियों की केवल इसलिए हत्या की कि उन्हें आतंकवादी बताकर सरकार से पुरस्कार और पदोन्नति प्राप्त की जा सके। उसने सभी निर्दोष व्यक्तियों के नाम और उनके गांव के नाम भी बताए।

अपनी पंजाब यात्रा में आनंद ने अपने भाषणों में पंजाब सरकार की कड़ी आलोचना की जिसके कारण सरकार इस ग्रुप से बहुत नाराज भी हुई। दिल्ली लौटकर आनंद ने क्लैमर में अपने अनुभवों पर अनेक लेख लिखे। इन लेखों का यह परिणाम हुआ कि क्लैमर को पंजाब के जनसंपर्क विभाग से जो विज्ञापन मिलते थे वे बंद हो गए।

मोहन का फोन आया–"आनंद साहब, मैं और सुलेखा आपसे मिलना चाहते हैं।"

आनंद ने पूछा–"कारण जान सकता हूं?"

मोहन ने कहा–"हम हेमंत और रश्मि की कहानी सुन चुके हैं। आपने उनकी जिस प्रकार सहायता की उसकी जितनी प्रशंसा की जाए, कम है। हमारी भी कुछ ऐसी ही समस्या है।"

आनंद हंस पड़ा–"हमारा कोई मैरिज ब्यूरो नहीं है।"

"आनंद जी, आप बहुत बड़े पत्रकार हैं यह मैं जानता हूं। मैं यह भी जानता हूं कि जब कोई व्यक्ति किसी समस्या में फंस जाए, सिर्फ मानवीय आधार पर आप उसकी सहायता करते हैं। मैंने बड़ी उम्मीद से आपको फोन किया है। आप हमें नाउम्मीद नहीं करेंगे।"

आनंद ने डायरी देखी और दो दिन बाद शाम को आने के लिए कह दिया।

दो दिन बाद वे आनंद से मिलने पहुंच गए। सुनंदा भी वहीं थी।

मोहन ने सारी बात उसे बताई।

सुनंदा ने पूछा–"आप उन्हीं बैरिस्टर इंद्रजीत राय की बात कर रहे हैं जो दयाकृष्ण का केस लड़ रहे हैं?"

उत्तर सुलेखा ने दिया–"जी...वे मेरे पिता हैं। मैं दयाकृष्ण के संबंध में सब कुछ सुन चुकी हूं। मैंने पिता जी से कहा भी है कि वे उसका

केस न लड़ें। उनका तर्क यह है कि यह उनका प्रोफेशन है।"

सुनंदा बोली–"हर प्रोफेशन की कुछ नैतिकता भी होती है। ऐसे आदमी को बचाने की कोशिश करना जिस पर अनेक निर्दोष व्यक्तियों की हत्या का आरोप हो, चाहे वह कितनी ही फीस दे रहा हो, यह कोई ठीक बात है?"

आनंद बोला–"सुलेखा जी, बैरिस्टर साहब जहां आपका विवाह करना चाहते हैं, वहां आप नहीं करना चाहतीं, पर आपका साथ तो मंगल ग्रह दे रहा है। आप मंगली हैं। जिस लड़के से आपका विवाह आपके पिता करना चाहते हैं वह मंगली नहीं है।"

"पर मेरे पिता जी ऐसे दकियानूसी विचारों के नहीं हैं। किसी न किसी तरह वह रास्ता निकाल लेंगे। तब मैं क्या करूंगी?"

सुनंदा बोली–"तब आप और मोहन जी कोर्ट मैरिज कर लीजिए... आप दोनों बालिग हैं, मुझे कुछ वर्ष पहले की बात याद है। आनंद जी के पास एक मुस्लिम लड़का-लड़की आए थे। उनके बीच भी एक संकट था। लड़का-लड़की में एक शिया था, एक सुन्नी। दोनों आपस में शादी-ब्याह नहीं करते। उन्होंने भी सिविल मैरिज की थी। आनंद जी ने कोर्ट में गवाही दी थी।"

"यह बात मैं सुन चुका हूं," मोहन बोला–"यदि हम दोनों भी ऐसा कोई कदम उठाएं तो हमें आपका नैतिक समर्थन मिलेगा?"

आनंद और सुनंदा दोनों ही हंस पड़े।

"क्लैमर के साथ-साथ हमें एक मैरिज कंसल्टेंसी भी खोलनी चाहिए," आनंद ने कहा।

सुनंदा बोली–"अच्छी आमदनी होगी।"

•

आनंद के पास विनोद का फोन आया–"आनंद जी, पूज्य स्वामी जी आपको बहुत याद करते रहते हैं। वे आपका बड़ा सम्मान करते हैं। वे आपको आशीर्वाद दे रहे हैं। उनका आशीर्वाद लेकर मैं किसी समय आपके पास आना चाहता हूं।"

गुरुवार का दिन था। क्लैमर का नया अंक शुक्रवार की शाम तक

प्रकाशित हो जाना चाहिए था। ये दोनों दिन उसके लिए बड़ी व्यस्तता से भरे होते थे।

"विनोद जी, स्वामी जी को मेरा प्रणाम कहिएगा, पर सोमवार से पहले आपसे मिलना संभव नहीं होगा।"

"ठीक है आनंद जी। सोमवार को मैं फोन करके समय ले लूंगा।"

देश के लोगों के विदेश में जाकर बसने के बढ़ते रुझान पर आनंद ने बहुत जानकारी इकट्ठा की थी। यह रुझान केरल प्रदेश में बहुत व्यापक था। विदेशों में नर्सों की बड़ी मांग है। केरल में बहुत सी लड़कियां नर्सिंग का प्रशिक्षण लेकर बड़ी संख्या में संसार के अनेक देशों में जाती हैं। गुजरात के भी बहुत से लोग व्यापार करने के इरादे से अनेक देशों, विशेष रूप से दक्षिण अफ्रीका के देशों में जा बसे हैं।

पंजाब के नवयुवकों में विदेश जाने और वहां बसने का रुझान तो पागलपन की हद तक पनप चुका है। पंजाब में कितनी ही ट्रैवेल एजेंसियां उभर आई हैं, जो वहां विदेशों की समृद्धि का बड़ा सुनहरा चित्र लोगों के सामने रखती हैं। लोगों को लगता है विदेशों में डॉलर पेड़ों पर पत्तों की भांति लगे हैं, जिन्हें तोड़कर जमा किया जा सकता है।

इस स्थिति का सबसे अधिक चिंताजनक और जोखिम भरा पहलू यह है कि दूसरे देशों में जाने और बसने का वीजा सरलता से नहीं मिलता है। चतुर ट्रैवेल एजेंट उन्हें किसी भी प्रकार विदेश भेज देने का भरोसा देते हैं और विदेश जाने को लालायित लोगों से लाखों रुपए ठग लेते हैं। पंजाबी किसान अपनी जमीनें बेचकर इन एजेंटों को रुपया देकर इनके जाल में फंस जाते हैं।

आनंद को एक ऐसी रिपोर्ट मिली थी जिसने उसे बुरी तरह हिला दिया था। इन एजेंटों ने पंजाब के कुछ नौजवानों को ग्रीस, इटली, फ्रांस भेजने के लिए एक बड़ी नौका में गैरकानूनी ढंग से चढ़ा दिया। दुर्भाग्य से माल्टा के पास यह नौका दुर्घटनाग्रस्त हो समुद्र में डूब गई और नौका में सवार सभी लोग डूब गए। किसी का कुछ भी पता नहीं लगा। विडंबना की बात यह है कि मरने वालों के संबंधी यह मानने को तैयार नहीं हैं कि उनका प्रियजन दुर्घटना में शिकार हो चुका है। उन्हें आशा

है कि वह वापस आ जाएगा। सरकार ने मृतकों के परिजनों को कुछ मुआवजा देने के लिए उनसे फार्म भरवाने का काम शुरू किया, किंतु बहुतों ने फार्म नहीं भरा, क्योंकि उनका यह विश्वास था कि उनके परिवार का व्यक्ति जीवित है और वह वापस आ जाएगा।

आनंद ने क्लैमर में एक लंबा संपादकीय इस संबंध में लिखा। एक पत्र उसने पंजाब के मुख्यमंत्री को लिखा–'मुख्यमंत्री जी, माल्टा के समुद्र में डूबकर मरने वालों की घटना से आप परिचित होंगे, कृपया ऐसे धोखेबाज ट्रैवेल एजेंटों पर प्रतिबंध लगाएं–लोगों में यह जागरूकता पैदा करें कि ऐसे ट्रैवेल एजेंटों के चंगुल में न फंसें और गैरकानूनी ढंग से विदेश यात्रा न करें।'

सोमवार को विनोद का फोन आया। फोन पर स्वामी सदानंद बोल रहे थे–"आनंद जी, बहुत दिन हुए आपसे भेंट नहीं हुई। कभी आइए ना।"

आनंद बोला–"स्वामी जी, मुझे खेद है कि मैं आपके दर्शन करने नहीं आ सका। आपने पढ़ा होगा कि माल्टा के समुद्र से कुछ भारतीयों को ले जा रही नौका डूब गई। सभी मारे गए। इनमें दो व्यक्ति बच गए। ट्रैवेल एजेंटों ने इन नौजवानों को ठगा था। और गैरकानूनी ढंग से बाहर भेजा गया। संयोग था कि ग्रीस में उतरे दो लोग बच गए।"

स्वामी सदानंद को इस दुर्घटना की कोई जानकारी नहीं थी। वे बड़े शांत स्वर में बोले–

जाको राखे साइयां, मार सके न कोय।
बाल न बांका कर सके, जो जग बैरी होय।।

यह सुनकर आनंद जैसे उबल पड़ा। बोला–"यह उक्ति मैंने बहुत बार सुनी है। विचित्र बात है। गैरकानूनी ढंग से विदेश जाने वाले लोगों में केवल दो पर साईं की कृपा क्यों हुई? शेष लोग जो डूब गए उन पर साईं इतने नाराज क्यों थे? संसार में भूकंप से, बाढ़ से, तूफान से हजारों व्यक्ति मर जाते हैं। इनमें से कुछ बच भी जाते हैं। क्या ये लोग साईं की कृपा के हकदार होते हैं, शेष मरने वाले लाखों लोग क्या बहुत

पापी होते हैं, जिन पर साईं की कृपा नहीं होती? पर साईं, इतना चूजी है कि वह दो-चार को मरने से बचा लेता है, शेष को मरने के लिए छोड़ देता है। स्वामी जी, क्षमा कीजिएगा। आपके साईं तो मुझे बड़े नासमझ लगते हैं।"

"कैसी बातें करते हैं आप, आनंद जी–क्या भगवान् के कार्यों पर प्रश्नचिह्न लगाया जा सकता है?"

"क्यों नहीं?" आनंद बोला–"गुरु नानक ने भी परमात्मा से ऐसा ही प्रश्न किया था। अपने एक पद में उन्होंने परमात्मा से रोष व्यक्त करते हुए पूछा था–उस समय बाबर ने हिंदुस्तान पर आक्रमण किया था, उसके सैनिकों ने हिंदुस्तानियों पर बड़े जुल्म किए थे। गुरु नानक ने परमात्मा से बड़े रोष से पूछा था–हे प्रभु! तुमने खुरासान को तो अपना बना लिया, पर हिंदुस्तान को भयभीत कर दिया। यहां के लोगों पर विदेशी सैनिकों ने बड़े जुल्म किए। वे संत्रस्त होकर चीख रहे हैं, क्या तुम्हारे मन में इनके लिए कोई दर्द नहीं पैदा हो रहा है–

खुरासान खसमाना कीआ।
हिंदुस्तान डराया।
ऐती मार पई कुरलाणे।
तैंकी दरद न आया।"

स्वामी जी हंस दिए–"पढ़े-लिखे लोगों के साथ यही समस्या है। वे किसी को नहीं छोड़ते–परमात्मा को भी नहीं। मैं जानता हूं समय आने पर आप मुझे भी नहीं छोड़ेंगे।"

स्वामी सदानंद संगत सिंह से बहुत परेशान होने लग गए थे। बीच-बीच में वह आकर उनकी कमजोर नस पर उंगली रख देता था और कुछ धन ले जाता था। इस बात की चर्चा वे विनोद से कर चुके थे। उसने उन्हें ढाढ़स तो बंधाया था, यह भी कहा था कि समय आने पर वह संगत सिंह को सही सबक सिखाएगा, पर यह बात उसकी समझ में नहीं आई थी कि वह कौन सी ऐसी कमजोर नस है जिसकी जानकारी संगत सिंह को है, जिस पर उंगली रखते ही स्वामी जी इतने

चिंतित हो जाते हैं।

एक दिन संगत सिंह उस समय आ गया जब स्वामी जी नित्य का प्रवचन देकर अपने शयन कक्ष में विश्राम कर रहे थे। वह उनके पास एक कुर्सी पर बैठ गया और बड़ी धीमी आवाज में बोला–"स्वामी जी, खूब मौज हो रही है?"

स्वामी जी ने उसे बहुत घूरकर देखा।

वह मुस्कराया–"कमला आपकी बहुत सेवा कर रही है ना?"

स्वामी जी के चेहरे पर गहरी उलझन उभर आई। वह कुछ बोले नहीं। पास रखा अपना झोला उन्होंने उठाया, उसमें से नोटों का एक बंडल निकाला और उसे थमा दिया–"बहुत बकवास करने की आवश्यकता नहीं है।"

संगत सिंह ने आगे बढ़कर उनके चरण स्पर्श किए–"स्वामी जी, आप किसी बात की चिंता न कीजिए...मैं तो आपका सेवक हूं।"

एक संन्यासी को जीवन में किस प्रकार का होना चाहिए स्वामी सदानंद ने इस संबंध में कितने ही धर्मग्रंथों में पढ़ा था, बहुत से संतों, साधकों से विचार भी किया था। ब्रह्मचर्य की महिमा पर उन्होंने बड़े प्रवचन भी दिए थे। वे सदा कहते थे कि ईश्वर की प्राप्ति में पांच दोष सबसे अधिक बाधक हैं–काम, क्रोध, लोभ, मोह और अहंकार। जिसने इन पर नियंत्रण पा लिया–वही मुक्ति पाता है। उसका इहलोक सार्थक हो जाता है। परलोक में वह स्वर्ग का अधिकारी हो जाता है।

उन्होंने अपने संन्यासी जीवन में बहुत सी स्त्रियों को देखा था। कभी-कभी उनका आकर्षण भी उन्हें महसूस होता था। उसमें व्याकुलता भी होती थी। तभी उन्हें स्मरण हो आता था कि वह संन्यासी हैं, सांसारिकता से ऊपर उठ चुके हैं। कमला ने आकर क्या कर दिया था। किस प्रकार उन्हें मोहपाश में जकड़ लिया था। संगत सिंह पर उन्हें बहुत क्रोध आ रहा था।

मोहन लगातार महसूस कर रहा था कि बैरिस्टर इंद्रजीत राय उससे बहुत नाराज हो गए हैं। स्पष्ट रूप से उन्होंने कुछ नहीं कहा था। सुलेखा का रिश्ता भगवंत राय के बेटे सुशांत से नहीं हो पा रहा है, इसके लिए

वे मोहन को जिम्मेवार मानते थे। उन्हें लगता था कि मोहन उसे गलत रास्ते पर आगे बढ़ने के लिए उकसाता रहता है।

मोहन को इंद्रजीत राय की मातहती में काम करते हुए काफी समय हो गया था। वह अब स्वतंत्र रूप से वकालत करने का निर्णय ले चुका था। इसके लिए सभी औपचारिकताएं भी पूरी कर चुका था।

सुलेखा एक हायर सेकेंडरी स्कूल में पढ़ाने लगी थी। उसके मंगलीक होने के कारण भगवंत राय के बेटे से उसके विवाह में अड़चन आ गई थी। वह दूर नहीं हो रही थी। बातचीत लगभग टूट चुकी थी।

एक दिन दोनों आनंद के पास जा बैठे–"आनंद साहब, अब हमारे जीवन में भी वह समय आ गया है जब आपकी सहायता की हमें बहुत जरूरत है।"

"क्यों, ऐसा कौन सा पहाड़ गिर गया?" आनंद ने पूछा।

मोहन बोला–"हमारे सिर पर तो बैरिस्टर इंद्रजीत राय का पहाड़ गिर रहा है, जो सुलेखा के पिता जी हैं। मुंबई में उन्होंने सुलेखा के रिश्ते की बात शुरू की थी, पर नक्षत्र ने सारी बात बिगाड़ दी। हमारे रिश्ते को वे बिलकुल पसंद नहीं करते। आखिर मैं उनका मातहत रहा हूं। उन्हें यह अपमानजनक लगता है। अब मैंने अपनी प्रैक्टिस शुरू कर दी है। सुलेखा आजकल एक स्कूल में पढ़ा रही है। हम दोनों अब विवाह के बंधन में बंधना चाहते हैं? क्या हम सिविल मैरिज कर लें?"

"मोहन बाबू एक रास्ता तो है, किंतु आपको यह पता होगा कि सिविल मैरिज में कोर्ट की ओर से एक महीने पहले यह नोटीफाई कर दिया जाता है कि ये लड़का और लड़की आपस में विवाह करना चाहते हैं। किसी को कोई आपत्ति हो तो वह कोर्ट को सूचित कर सकता है। वे कोर्ट में अपनी आपत्ति को दर्ज करा सकते हैं।"

दोनों सोच में पड़ गए।

"आप ऐसा क्यों नहीं करते..." आनंद बोला–"आप किसी आर्य समाज मंदिर में जाकर विवाह कर लीजिए।"

आनंद ने कहा–"इस क्षेत्र के आर्य समाज मंदिर के मंत्री मेरे परिचित हैं, आप चाहें तो मैं उन्हें फोन कर सकता हूं।"

सुलेखा बोली–"भाई साहब, हम आपके बड़े आभारी होंगे।"

आनंद मुस्करा दिया।

इंद्रजीत राय ने कुछ पंडितों, ज्योतिषियों को रिश्वत देकर सुलेखा की एक नई कुंडली बनवा ली जिसमें उसके मंगली होने की कोई बात नहीं थी। यह कुंडली उन्होंने भगवंत राय को भेज दी।

कुछ दिनों बाद भगवंत राय का फोन आया–"आपकी भेजी कुंडली मुझे मिली, पर सुशांत की मां नहीं मानती। वह बहुत वहमी है। उसका तर्क है कि पंडितों ने उसे बताया है कि लड़की मंगली है। ऐसी लड़की से विवाह करने पर पति की मृत्यु हो जाती है। वह किसी भी हालत में यह रिस्क नहीं लेना चाहती।"

कुछ दिन बाद मोहन और सुलेखा ने आर्य समाज मंदिर में विवाह कर लिया। विवाह में आनंद, सुनंदा, हेमंत, रश्मि, इम्तियाज तथा मोहन के कुछ मित्र और सुलेखा की कुछ सहेलियां शामिल हुए।

इंद्रजीत को इसकी सूचना मिल चुकी थी, किंतु वह विवाह में शामिल नहीं हुआ।

विवाह के बाद सुलेखा और मोहन उनका आशीर्वाद लेने के लिए उनके पास गए। दुलहन बनी हुई सुलेखा को देखकर उनकी आंखें भर आईं। उनके मुंह से इतना ही निकला–'सुखी रहो।'

17

आनंद को याद आया मनजीत के साथ उसकी एक सहेली आया करती थी। उसका नाम सरोज था। मनजीत की शादी मनमोहन सिंह से हुई थी, परंतु उसका विवाहित जीवन विचित्र प्रकार के संकटों से घिर गया था। मनमोहन स्किजोफ्रीनिया का शिकार हो गया था। उसके पति को लगातार यह लगता रहता था कि अमेरिकी सरकार उसे जबरदस्ती फौज में भरती करके किसी मोर्चे पर भेज देगी।

मनजीत ने पत्र लिखकर सरोज की व्यथा आनंद को बताई थी। सरोज का विवाह अमेरिका के रहने वाले विजय कुमार से हुआ था। विजय कुमार का पहले विवाह दिल्ली की एक लड़की मधूलिका से हुआ था। मधूलिका एक तेजतर्रार लड़की थी। वह अमेरिका जाना चाहती थी, किंतु उसे वीजा नहीं मिल रहा था। उसे किसी ट्रैवेल एजेंट ने सुझाया था कि तुम अमेरिका में बसे किसी व्यक्ति से विवाह कर लो इससे तुम्हें वहां का वीजा मिल जाएगा।

मधूलिका ने इस लोभ में विजय कुमार से विवाह कर लिया, जो विवाह के उद्देश्य से ही दिल्ली आया हुआ था।

इस आधार पर कुछ दिन बाद उसे अमेरिका जाने का मौका मिल गया। विजय कुमार पिछले कई वर्ष से अमेरिका में बसा हुआ था। वह वहां की एक मल्टीनेशलन कंपनी में काम करता था। उसके साथ काम करने वाले एशियाई देशों के कई लड़कों ने अमेरिकन गोरी लड़कियों से विवाह कर लिए थे, लेकिन उनके अनुभव कुछ अच्छे नहीं थे। इसलिए वह किसी भारतीय लड़की से विवाह करना चाहता था। दिल्ली जाकर वह मधूलिका से विवाह कर लाया था।

स्त्री-संसर्ग की तीव्र आकांक्षा उसके मन में जागी हुई थी, किंतु

मधूलिका उसकी इस आकांक्षा को पूरा नहीं कर पा रही थी। अमेरिका आने का उसका प्रयोजन कुछ और था। वह विजय को अपने पास फटकने भी नहीं देती थी। वह मां नहीं बनना चाहती थी। उसने अपने चारों ओर जैसे पारदर्शी दीवार खड़ी कर दी थी। विजय उस दीवार के उस ओर झांककर देखता था, पर वह उसे छू नहीं सकता था। एक हिरणी की तरह कुलांचें भरती हुई दिखाई देती थी। उस समय विजय की स्थिति एक हिंसक पशु की तरह हो जाती थी। कभी-कभी वह गुर्राने भी लगता था। ऐसे ही एक बार गुर्राते हुए उसने बीच की दीवार को तोड़कर हिरणी को दबोचने की कोशिश की तो हिरणी ने अपने शरीर पर मारपीट के दो-चार निशान बना लिए। ऐसे ताजे निशानों को लेकर वह पुलिस के पास पहुंच गई। पति बहुत क्रूर है...वह अपनी पत्नी के साथ बड़ी बेरहमी से पेश आता है...उसके साथ बहुत दुर्व्यवहार करता है। तलाक के लिए ये तर्क काफी थे। मधूलिका आजाद हो गई।

एक अदद बीवी की तलाश में विजय फिर दिल्ली आ गया। अच्छी लड़की पाने के लिए विजय मैरिज ब्यूरो के मालिक मिस्टर सूद से मिला। उन्हें उसने एडवांस में काफी पैसे भी दे दिए थे।

दीवान चंद्र भारत सरकार के किसी मंत्रालय में अंडर सेक्रेटरी थे। सूद जानता था कि उनकी चार लड़कियां हैं और वह जल्दी ही रिटायर होने वाले हैं। एक लड़की का विवाह वह कर चुके थे। सरोज उनकी दूसरी बेटी थी। वह एम. ए. फाइनल में थी। दीवान चंद्र ने सोचा था कि वे उसे बी. एड. कराकर किसी स्कूल में टीचर लगवा देंगे। एक-दो साल बाद उसकी शादी कर देंगे। सूद ने उन्हें विजय के बारे में बताया। लड़का न्यूजर्सी में एक मल्टी नेशनल कंपनी में काम करता है। उसकी अच्छी-खासी आमदनी है। न्यूजर्सी में उसका अपना फ्लैट है। यह सही है कि उसका एक विवाह साल भर पहले दिल्ली में हुआ था। लड़की भी बहुत पढ़ी-लिखी थी, पर किसी बहाने वह अमेरिका जाना चाहती थी। अमेरिका में बसे विजय कुमार से विवाह करके उसे वहां का वीजा मिल जाने की उम्मीद थी। उसने इसी प्रयोजन से शादी कर ली और कुछ दिन बाद ही क्रूरता और दुर्व्यवहार का आरोप लगाकर उससे

तलाक ले लिया था। विजय से विवाह करके आपकी लड़की बहुत सुखी रहेगी।

दीवान चंद्र ने हिसाब लगाया–अपनी बिरादरी में सरोज के विवाह का अर्थ है–कुछ लाख रुपए। फिर तीसरी फिर चौथी। उसकी पत्नी ने समझाया, लड़का दुहाजू है। तो क्या हुआ, उसकी पहली शादी तो न के बराबर थी। एक लड़की अमेरिका चली गई तो न सिर्फ हमारा बोझ हलका होगा, बल्कि वह अपनी छोटी बहनों की शादी में मददगार हो जाएगी।

सरोज ने माता-पिता की बात मान ली। जिस रास्ते पर उसे चलना था उस पर झिलमिलाहट तो बहुत थी, पर बहुत अनजाना था। जहां वह खड़ी थी वहां रोशनी बड़ी मद्धिम थी। सरकारी नौकरी से रिटायर होने वाले पिता के सफेद बाल नजर आ रहे थे। तीन लड़कियों के नित बड़े होने की चिंता ने मां के आंखों की रोशनी कितनी कम कर दी थी। ऐसी मद्धिम रोशनी से रास्ते में पड़े तीन बड़े-बड़े पत्थरों से टकराकर लहूलुहान हो जाने का कितना डर था।

उसने झिलमिलाती दुनिया चुन ली और अमेरिका पहुंच गई।

विजय के जीवन से मधूलिका चली गई थी। वह उसके जीवन में आई पहली औरत थी। अमेरिका में रहते उसको कई वर्ष गुजर गए थे। उसे लगता रहा था कि वह किसी फिश एक्वेरियम के बाहर खड़ा अनेक रंग-बिरंगी मछलियों को देख रहा है, जो बड़ी लुभावनी हैं, किंतु उन्हें वह छू नहीं सकता। अपने चारों ओर बिखरी सुंदरता कचोटती थी। मधूलिका के साथ बिताए कुछ समय ने उसे मानसिक रूप से कितना विकृत कर दिया था। उसे वह बाकायदा शादी करके दिल्ली से लाया था, लेकिन उसने चारों ओर एक ऐसी दीवार खड़ी कर ली थी जिस पर वह एक खूंखार पशु की भांति अपने पंजे मारता रहता था।

अब उसके जीवन में आ गई थी–सरोज। वह कुलांचें मारती हिरणी नहीं थी, न ही हाथ से फिसलती हुई मछली थी। वह थी एक बकरी। विजय इस बकरी को पकाकर चबा-चबाकर खाना चाहता था। सरोज ने उसे कुछ समय तक मनमानी करने दी। फिर उसे महसूस होने लगा कि

उसका वास्ता एक पुरुष से न होकर किसी व्याघ्र से आ पड़ा है। पुरुष सान्निध्य के संबंध में उसने जो कुछ सुना था वह बड़ा मोहक था–रस से भरा हुआ। अब उसे वह सब कुछ बड़ा पीड़ादायक लगने लगा था।

उसमें मां बनने के लक्षण दिखाई देने लगे। उसने विजय को इसका अहसास कराया था, लेकिन उसमें खुशी की कोई झलक नहीं दिखाई दी। सरोज को लगता था कि उसकी भूख बढ़ती जा रही है। उसके चढ़ते हुए दिनों में भी उसका रवैया वैसा ही था।

एक दिन उसने पूछा–"आप मुझसे मधूलिका का बदला ले रहे हैं?"

उसने बहुत घूरते हुए सरोज को देखा–"बदला कैसा? तुम मेरी पत्नी हो। तुम्हारी देह पर मेरा पूरा हक है। उसे मैं जब चाहूं...जिस तरह चाहूं, भोग सकता हूं।"

सरोज ने बड़े ठंडे स्वर में पूछा–"सिर्फ देह पर? क्या आपको इस बात का अहसास है कि मैं एक जीवित इनसान हूं। मेरी अपनी भी भावनाएं हैं, इच्छाएं हैं। मैं मात्र एक देह नहीं हूं।"

वह एकदम खीज उठा था–"यह सब बकवास है। मैंने एक स्त्री से विवाह किया है। विवाह क्या है? एक स्त्री–देह से अपनी भूख को तृप्ति देने की कानूनी मान्यता। इसमें भावना का दखल कहां है? इसी तृप्ति के लिए लोग वेश्याओं के पास जाते हैं। क्या वे अपने साथ भावना जैसी किसी चीज का बोझ अपने कंधों पर उठाकर ले जाते हैं?"

"आपकी नजर में पत्नी और वेश्या में कोई अंतर नहीं है?" उसकी बात पर वह हंस पड़ा–"सिर्फ इतना ही कि यहां मोल–भाव नहीं करना पड़ता...अपनी बारी की बाट भी नहीं जोहनी पड़ती।"

उस दिन विजय बौखला पड़ा, जब उसे पता लगा कि सरोज ने एक डिपार्टमेंटल स्टोर में नौकरी कर ली है।

"तुम्हें नौकरी की क्या जरूरत है? मैं तुम्हें खाने–पीने के लिए तो दे ही रहा हूं।"

सरोज बोली–"मैं एक वेश्या बनकर नहीं, एक स्त्री बनकर जीना चाहती हूं।"

"क्या वेश्या स्त्री नहीं होती?"

"किसी का दिया हुआ चारा खाकर जीने वाली वह एक बकरी होती है," सरोज का जवाब था।

विजय ने बड़े व्यंग्य से पूछा–"अच्छा...अब यह बकरी हमारा दिया हुआ चारा नहीं खाएगी?"

"इसीलिए मैंने नौकरी कर ली है।"

"इस शेर को बकरी का मांस खाने की आदत पड़ गई है। उसका क्या होगा?"

"शेर की जगह जंगल में होती है या पिंजरे में। वहीं उसे अपना भोजन मिल जाता है।"

विजय के सामने जैसे एक विस्फोट हो गया हो। वह ऑफिस से अभी लौटा ही था। ऑफिस में आज उसके बॉस से उसकी खासी कहा-सुनी हुई थी। बॉस ने उससे शिकायत की थी कि आजकल काम में उसका मन नहीं लगता, जो प्रोजेक्ट उसे दिया जाता है वह समय से पूरा नहीं होता। उसके साथ काम करने वाले यह शिकायत करते थे कि वह सदा बौखलाया-सा रहता है। उसके साथ काम करने वाली लड़कियां कहती हैं कि उसकी आंखें देखकर वे उससे डरने लगी हैं। वह उन्हें बड़ा खूंखार व्यक्ति लगता है।

उस रात सरोज उससे बहुत पीड़ित हुई थी। उसे लगता था जैसे वह सारी रात एक भूखे जानवर से लड़ती रही है।

दूसरे दिन जब विजय ऑफिस गया हुआ था तो सरोज ने उसका घर छोड़ दिया और कामकाजी स्त्रियों के लिए बने एक हॉस्टल में चली गई। पीछे वह एक पत्र लिखकर छोड़ गई–शेर और बकरी साथ-साथ रहेंगे तो मांस केवल बकरी का ही नुचेगा।

सरोज ने अपनी मां को पत्र लिखा–मैं मां बनने वाली हूं। कुछ दिनों के लिए तुम यहां आ जाओ। अमेरिका एम्बेसी के वीजा ऑफिसर के नाम एक पत्र भेज रही हूं। इससे तुम्हें वीजा मिल जाएगा। आने-जाने का टिकट साथ भेज रही हूं।

मां अमेरिका पहुंच गई। सरोज ने न्यूजर्सी के एक भारतीय परिवार

के पेइंग गेस्ट के रूप में एक कमरा ले लिया। यहीं उसने एक बेटे को जन्म दिया।

एक दिन विजय के बॉस ने सरोज को अपने दफ्तर में बुलाकर पूछा–"मैडम, क्या आप अपने पति के साथ नहीं रहतीं?"

सरोज ने कहा–"नहीं।"

वह बोला–"आप लोगों में अलगाव क्यों हो गया यह जानने की मेरी रुचि नहीं है, पर लगता है कि मिस्टर विजय कुमार किसी मानसिक विकृति के शिकार हो गए हैं। आजकल वह बहुत अब्नार्मल होता जा रहा है। ऑफिस में उनके साथ काम करने वाली महिलाएं उनसे बहुत डरने लगी हैं। वह जिस तरह उन्हें घूरता है, अजीब ढंग से उनके साथ पेश आता है, वह बहुत दहलाने वाला है।"

कुछ क्षण रुककर वह बोला–"आप उन्हें किसी मनोचिकित्सक को दिखलाइए।"

"मैं उनके साथ नहीं रहती," सरोज बोली।

"क्या आपका उनसे तलाक हो गया है?" उसने पूछा।

वह बोली–"औपचारिक ढंग से तो अभी नहीं हुआ है।"

"इसका मतलब यह है कि कानूनी तौर पर आप उनकी पत्नी हैं।"

"आप ठीक कहते हैं," सरोज कह रही थी–"जब से मेरा उनसे विवाह हुआ है। मुझे वे सदा ही अब्नार्मल लगे हैं।"

"क्या आप इसका कोई कारण समझ सकीं?"

सरोज ने बताया–"मुझसे पहले एक भारतीय लड़की से उनका विवाह हुआ था, लेकिन उस लड़की से उनका तलाक छह महीने में ही हो गया था। शायद उनकी अब्नार्मेलिटी का यही कारण हो।"

बॉस कुछ सोचने लगा। फिर बोला–"मिस्टर विजय कुमार की जो हालत है मुझे नहीं लगता कि वे इस दफ्तर में ज्यादा दिन टिकेंगे।"

सचमुच वह उस दफ्तर में ज्यादा दिन नहीं टिका। उसकी नौकरी छूट गई। अमेरिका में किसी की नौकरी छूट जाना बड़ी बात नहीं है। एक छूटती है तो दूसरी मिल जाती है। उसने दो-चार जगह कोशिश भी की, किंतु उसके पीछे उसके पिछले रिकॉर्ड की लंबी काली लकीर

उसके साथ-साथ चलती हुई वहां पहुंच जाती।

उसके ऑफिस में उसका एक भारतीय सहकर्मी था–मेहरा। उसने उससे एक दिन पूछा–"विजय, तुम्हें क्या होता जा रहा है? तुम बहुत अब्नार्मल होते जा रहे हो? तुम्हारे लुक्स भी कितने बदले हुए लगते हैं...आखिर बात क्या है?"

विजय ने उसे अनुनय भरे स्वर में कहा–"मेरी शादी करवा दो।" कहते हुए उसके मुंह की मांसपेशियां फड़फड़ा रही थीं। उसकी आंखों से कैसी भूख झर रही थी। विजय उसके दोनों हाथों को पलोसने लगा–"तुम्हें पता है न मैंने दो बार शादी की, पर दोनों ही मुझे छोड़ गईं।"

मेहरा ने पूछा–"किसी गोरी लड़की से शादी करोगे?"

वह बड़ा घबराया-सा बोला–"नहीं...नहीं, मैं जानता हूं, वह मेरा फ्लैट हथिया लेगी...मुझे सड़कों पर भीख मांगने के लिए छोड़ देगी।"

मेहरा हंस दिया–"अगले सप्ताह मैं दिल्ली जा रहा हूं। तुम मेरे साथ चलो। तीसरी शादी वहीं जाकर करो।"

आनंद ने मनजीत से टेलीफोन से सरोज की त्रासदी के विषय में सब कुछ पूछा। उसने सरोज से भी बात की। सरोज ने उसे बताया–अब मैं यहीं रहूंगी, यहीं नौकरी करूंगी और बेटे को बड़ा करूंगी।

18

उस दिन संगत सिंह स्वामी सदानंद के आश्रम से लौट रहा था। वह थ्रीव्हीलर पर बैठने ही जा रहा था कि एक गोली उसके बाएं हिस्से को चीरती हुई निकल गई। वह औंधे मुंह स्कूटर में ही गिर गया। स्कूटर वाला बुरी तरह चीख पड़ा। खून उसके चारों ओर बिखरा पड़ा था। लोगों की भीड़ जमा हो गई थी। पुलिस आ गई थी। वह उसे पास के अस्पताल ले गई। डॉक्टरों ने उसकी जांच की और अपनी रिपोर्ट में लिखा–ब्राट डेड।

कुछ ही देर में यह खबर चारों ओर फैल गई। चीखते-चिल्लाते उसकी पत्नी और दो बच्चे वहां आ गए।

दिन-दहाड़े हुई इस हत्या की रिपोर्ट पुलिस ने दर्ज कर ली और जांच-पड़ताल शुरू कर दी।

जांच में पहली बात यह पता लगी कि संगत सिंह स्वामी सदानंद के आश्रम से उनका दर्शन करके आ रहा था। यह भी पता लगा कि वह स्वामी जी का दर्शन करने प्रायः आया करता था। कई वर्ष पहले वह स्वामी सदानंद का निजी सचिव भी था। स्वामी जी के स्थान-स्थान पर होने वाले प्रवचनों का लेखा-जोखा भी वही रखता था। जो श्रद्धालुगण और धर्मप्रचार से जुड़ी संस्थाएं स्वामी जी के प्रवचनों का प्रबंध करती थीं, वे संगत सिंह से ही पहले मिलती थीं। श्रद्धा-भेंट के रूप में जो धन स्वामी जी को दिया जाना निश्चित होता था उसका ब्योरा भी संगत सिंह से ही तय होता था।

यह किसी को ठीक-ठीक नहीं पता था कि वह स्वामी सदानंद को छोड़कर बाद में एक ख्याति प्राप्त करते निर्भयानंद से क्यों जुड़ गया था।

पुलिस सबसे पहले स्वामी सदानंद से पूछताछ करने पहुंची। पुलिस

के सामने स्वामी जी की आंखें भर आईं–"वह केवल हमारा श्रद्धालु... भक्त ही नहीं था...हमारा बड़ा आत्मीय भी था। उसने हमारी बड़ी सेवा की थी। कितने ही वर्ष वह हमारा निजी सचिव था। हमारे प्रवचन कहां होने हैं, कितने दिन होने हैं, श्रद्धा-भेंट क्या होनी है, यह सब वही जानता था।"

पुलिस इंस्पेक्टर ने पूछा–"स्वामी जी, संगत सिंह आपकी सेवा से दूर क्यों हो गया था?"

स्वामी जी बड़े उदास स्वर में बोले–"हम कभी नहीं चाहते थे कि संगत सिंह हमसे दूर चला जाए। ऐसा सेवक...ऐसे श्रद्धालु कहां मिलते हैं। यह बात तो केवल प्रभु ही जानते हैं कि वह हमें छोड़कर स्वामी निर्भयानंद की सेवा में क्यों चला गया, किंतु वह हमसे मिलने प्रायः आया करता था। उसके भक्ति भाव में कोई कमी नहीं आई थी।"

इंस्पेक्टर ने पूछा–"स्वामी जी, आप क्या सोचते हैं, उसकी हत्या क्यों की गई...उसका ऐसा शत्रु कौन था, जो संगत सिंह जैसे साधु पुरुष की हत्या कर सकता है।"

स्वामी जी बोले–"यह तो प्रभु ही जानते हैं–यश-अपयश, जीवन-मरण सब कुछ उसी के हाथ में है।"

पुलिस ने विनोद से पूछताछ की। विनोद ने इतना ही बताया–"संगत सिंह तो मेरे बड़े भाई जैसा था। हम दोनों ने कुछ वर्ष तक साथ-साथ स्वामी जी की सेवा की थी।"

पुलिस स्वामी निर्भयानंद के पास भी पहुंची। उनसे मिलने में पुलिस को कई दिन लग गए। वे अपने प्रवचनों के कारण विदेश में थे। इस बीच पुलिस इस संभावना पर काम कर रही थी कि इन दोनों संतों के बीच प्रतिद्वंद्विता का मामला तो नहीं है। स्वामी सदानंद ने कितने ही देशों की यात्रा की थी। उनमें अनेक देशों के उनके श्रद्धालुओं ने अनेक आश्रम बना लिए थे, जहां संगत जमा होती थी। ऐसी संगतों में उनके प्रवचनों के टेप बजाए जाते थे और अनेक वरिष्ठ सत्संगी स्वामी सदानंद के विचारों की व्याख्या करते थे।

अब स्वामी निर्भयानंद विदेश यात्रा पर थे।

स्वामी निर्भयानंद जब स्वदेश लौटे तो पुलिस उनके पास पहुंची। विदेश यात्रा में उन्हें संगत सिंह की हत्या का समाचार मिल चुका था।

निर्भयानंद से गहन पूछताछ में दोनों संतों के बीच की प्रतिस्पर्धा के कुछ लक्षण तो दिखाई देते थे, किंतु संगत सिंह की हत्या का संकेत कहीं नहीं दिखाई देता था, किंतु प्रतिस्पर्धा में कुछ घटित हो जाने की बात को पुलिस ने पूरी तरह खारिज नहीं किया था।

इस घटना को घटित हुए कई महीने गुजर गए थे। मीडिया में भी संगत सिंह की हत्या का मामला उठता रहता था, जिसमें पुलिस की निष्क्रियता की बड़ी चर्चा होती थी। पुलिस दोनों संतों से जैसी पूछताछ कर रही थी उसकी संवेदनशीलता से भी परिचित थी। उनके व्याख्यानों में बड़ी भीड़ जमा होती थी। कुछ धार्मिक संस्थाएं इस बात के लिए पुलिस की आलोचना भी कर रही थीं कि वह इस कांड में अपनी असफलता पर परदा डालने के लिए संतों को व्यर्थ ही परेशान कर रही है।

पुलिस इस बात की संभावना तलाश रही थी कि कहीं संगत सिंह की किसी व्यक्ति से निजी दुश्मनी तो नहीं थी। संगत सिंह का हत्यारा भी अभी तक नहीं पकड़ा गया था। यह भी स्पष्ट नहीं था कि यह हत्या की गई है या सुपारी देकर कराई गई है?

पुलिस ने संगत सिंह की अन्य गतिविधियों की पड़ताल शुरू की। व्यक्तिगत रंजिश या दुश्मनी का कोई संकेत उसे नहीं मिल पा रहा था। यह अवश्य पता लगा कि उसने सिख-विरोधी दंगे में मारे गए लोगों के पीड़ित परिवारों को मुआवजे दिलवाने और उनका पुनर्वास करने के प्रयत्नों में बड़ा काम किया था। इस कारण लोग उसकी प्रशंसा भी करते हैं। दंगा-पीड़ितों में उसका बड़ा सम्मान भी था।

दंगा-पीड़ित परिवारों के पुनर्वास के लिए सरकार ने एक कॉलोनी बना दी थी। आम तौर पर लोग इसे विधवा कॉलोनी कहते थे। संगत सिंह प्रायः इस कॉलोनी में आया करता और विधवा हुई स्त्रियों की समस्याओं का किस प्रकार निदान किया जा सकता है इसका प्रयास करता था। कई विधवाओं को उसने नौकरियों पर भी लगवा दिया था।

एक सब-इंस्पेक्टर सतपाल सिंह को यह भी पता लगा कि संगत

सिंह ने दंगों में मारे गए महिमा सिंह की युवा-विधवा कमला की नौकरी स्वामी सदानंद के आश्रम में लगवाई थी। एकाएक उसके मन में एक संभावना उभरी। कुछ समय पहले ही उसने एक समाचार पढ़ा था कि एक बहुचर्चित संत के आश्रम में एक लड़की से बलात्कार करने के प्रयास में उस संत को गिरफ्तार किया गया है। इस संत की गिरफ्तारी को लेकर उसके श्रद्धालुओं ने बड़ा हंगामा किया था। इस संत के साथ उसके बेटे पर भी आश्रम की अनेक महिलाओं के साथ अवैध संबंधों के आरोप लगे हैं। आश्रम से संबंध रख चुके अनेक श्रद्धालुओं ने भी इसकी पुष्टि की। पुलिस उसे पूछताछ के लिए हिरासत में लेना चाहती थी, किंतु वह फरार हो गया। कई महीनों की खोज के बाद वह पकड़ में आया। अदालत ने इस संत और उसके बेटे को जमानत पर रिहा करने से इनकार कर दिया। इस समय भी बाप-बेटे दोनों ही जेल की हवा खा रहे हैं।

पुलिस को लग रहा था कि जब तक हत्यारा नहीं पकड़ा जाएगा, इस हत्या के सभी पक्षों को उजागर नहीं किया जा सकेगा। हत्या के समय जो लोग आसपास थे, जिन्होंने हत्यारे को देखा था उनसे पुलिस ने हत्यारे का स्केच बनवाया और देश के अनेक थानों में वितरित कर दिया। एक दिन मुंबई के धारावी थाने से दिल्ली की पुलिस को यह सूचना मिली कि ऐसी शक्ल-सूरत का व्यक्ति यहां रहता है। पुलिस के रिकॉर्ड में भी हिस्ट्रीशीटर है।

दिल्ली पुलिस की एक टीम मुंबई गई और कुछ पूछताछ के बाद उसे दिल्ली ले आई। पहले तो वह इस हत्या से पूरी तरह इनकार करता रहा, पर जब पुलिस ने अपने ढंग से पूछताछ की तो वह टूट गया।

उसने बताया–"मुझे एक व्यक्ति ने एक लाख रुपए इस व्यक्ति की हत्या करने के लिए दिए थे। मैंने जिस आदमी को गोली मारी थी, मैं पहले से उसे नहीं जानता था। पहले मुझे उसे दिखाया गया, मुझे बताया गया कि वह कभी-कभी एक स्वामी जी के आश्रम में आता है। एक-दो दिन बाद जब वह आया तो जिस आदमी से मेरी बात हुई थी उसने मुझे इशारा किया। मैंने मौका देखकर उसे उड़ा दिया।"

इंस्पेक्टर ने पूछा–"सुपारी की जो रकम तुमसे तय हुई थी, वह तुम्हें मिली?"

वह बोला–"पूरी मिल गई।"

इंस्पेक्टर ने पूछा–"उस व्यक्ति को पहचानते हो जिसने वह रकम दी थी?"

"मैंने उसे नहीं देखा। मैं पहाड़गंज के एक होटल में ठहराया गया था। मुझसे कहा गया था, जब मैं होटल छोड़ने लगूंगा, होटल का मैनेजर मुझे एक बंद लिफाफा पकड़ा देगा।"

"तुमसे ये बातें कौन करता था?"

"उस आदमी को तो मैंने नहीं देखा। मुझसे ऐसा काम करने को जिसने संपर्क किया था वह मुंबई का ही था।"

इंस्पेक्टर ने कहा–"तुमने हत्या की है। जुर्म का इकबाल भी कर लिया है। सजा तो तुम्हें होगी ही, पर इस समय अगर तुम पुलिस की मदद करोगे तो हो सकता है कि जज तुम्हें फांसी की सजा न देकर कारावास की सजा दे दे। यह हमारी सिफारिश से हो सकता है।"

उसके चेहरे पर थोड़ी सी चमक आ गई। मैं किस तरह आपकी मदद कर सकता हूं?

"मुंबई में हमें उस आदमी से मिलवा दो जिसने सुपारी की बात तुमसे की थी।"

पुलिस उसे मुंबई ले गई। उस व्यक्ति को ढूंढ़ने में ज्यादा दिक्कत नहीं हुई। मुंबई में ऐसे कुछ लोग हैं कि जो सुपारी लेकर किसी की हत्या करने वाले अपराधियों के संपर्क में रहते हैं और जरूरतमंद लोगों से उनका संपर्क करा देते हैं।

उस व्यक्ति तक पुलिस पहुंच गई–पूरनचंद। एक कमीशन एजेंट था और अनेक प्रकार की दलाली करना चाहे वह सट्टे की हो, घुड़दौड़ की हो, किसी प्रकार के लेन-देन की हो। उसका नाम सामने आते ही मुंबई पुलिस उसे बिना कुछ बताए उठा लाई।

उससे पूछा गया कि उसने राजू को किसकी हत्या के लिए सुपारी देने का इंतजाम किया था। पूरनचंद ने इस बात के लिए पूरी तरह

इनकार किया जैसा कि प्रायः होता है।

फिर पुलिस ने अपना तरीका अपनाया। थोड़ी सी ही यातना के बाद वह खुल गया। उसने बताया कि वह दिल्ली के स्वामी सदानंद जी का शिष्य है। उन्हें भगवान् की भांति मानता है। इस नाते वह विनोद जी को जानता है, जो स्वामी जी के बहुत निकट हैं। उन्होंने उसे बताया था कि एक दुष्ट व्यक्ति स्वामी जी को बहुत परेशान करता है। उसे बहुत-बहुत समझाया गया, किंतु दुष्ट कभी अपनी दुष्टता करने से बाज नहीं आता। इसलिए उससे छुटकारा पाना बहुत जरूरी हो गया। विनोद जी मेरे गुरुभाई हैं। यह बात भी मैं बरदाश्त नहीं कर सका कि कोई दुष्ट पूज्य स्वामी जी को परेशान करे। इसलिए मैंने राजू को उस व्यक्ति का कामतमाम करने की सुपारी दिलवाई।

दिल्ली में पुलिस ने विनोद को बंदी बना लिया। उससे पूछा गया कि उसने संगत सिंह की हत्या क्यों करवाई? अब विनोद के सामने इसके अलावा कोई चारा नहीं था कि वह यह मान ले कि संगत सिंह की हत्या के लिए उसने सुपारी दी थी। सभी सबूत इस बात की पुष्टि कर रहे थे। मीडिया में भी इसकी बड़ी चर्चा हो रही थी।

पुलिस ने विनोद से यह जानकारी लेनी भी प्रारंभ की कि आखिरकार संगत सिंह स्वामी जी को इतना परेशान क्यों कर रहा था कि उसकी हत्या करवानी पड़ी।

विनोद ने यह बताया कि उसे स्वामी जी का ऐसा राज पता लग गया कि उसे प्रकट करने की धमकी देकर वह उन्हें बहुत ब्लैकमेल करता था।

पुलिस ने यह जानने की बड़ी कोशिश की कि वह उस राज तक पहुंच जाए जिसके आधार पर संगत सिंह उन्हें ब्लैकमेल करता था।

विनोद लगातार इनकार करता रहा कि उसे इस राज का पता है। उसका कहना था कि उसने इसे जानने की कोई कोशिश नहीं की। यह स्वामी जी का पूरी तरह निजी मामला है।

आखिर इंस्पेक्टर सतवंत सिंह ने यह गुत्थी भी खोल दी। उसे याद आया कि संगत सिंह ने एक दंगा पीड़ित विधवा को स्वामी जी के आश्रम में नौकरी दिलवाई थी। कमला से भी पूछताछ की गई। थोड़ी सी

सख्ती के बाद उसने यह मान लिया कि स्वामी जी ने उससे अवैध संबंध बना लिए थे। यह बात संगत सिंह जान गया था।

स्वामी सदानंद को भी पुलिस ने गिरफ्तार कर लिया। उनके श्रद्धालुओं, भक्तों में खलबली मच गई। आश्रम के बाहर हजारों लोगों की भीड़ जमा हो गई। भीड़ नारे लगा रही थी कि यह सारी कहानी पुलिस की गढ़ी हुई कहानी है। वह असली हत्यारे को पकड़ नहीं पाई है। वह अपनी असफलता को छिपाने के लिए स्वामी जी पर निर्मूल आरोप लगा रही है।

जब स्वामी जी और विनोद को मजिस्ट्रेट के सामने पेश किया गया तो उसने उन्हें 15 दिनों के लिए ज्यूडीशियल कस्टडी में भेज दिया।

पुलिस ने स्वामी सदानंद, विनोद चोपड़ा, पूरनचंद, राजू के खिलाफ चार्ज शीट दाखिल कर दी। अदालती कार्रवाई शुरू हो गई।

स्वामी सदानंद, विनोद चोपड़ा, कमला, संगत सिंह को लेकर मीडिया में बहुत चर्चा हुई थी। अनेक अखबारों, पत्रिकाओं, टेलीविजन पर बहुत सी चर्चाएं और लेख प्रकाशित और प्रसारित हुए थे। स्वामी सदानंद के एक सीनियर वकील ने उनकी पैरवी करने की पेशकश की थी।

लेकिन सुनवाई के पहले ही दिन स्वामी सदानंद ने जज के सामने जो बयान दिया उससे जज, वकील, पत्रकार, श्रद्धालु और सभी लोग भौचक्के रह गए।

उन्होंने कहा–"जज साहब, संन्यास ग्रहण करने से पहले मैं केवल सदानंद था। मैं संन्यासी क्यों बना यह लंबी कहानी है। इस समय मैं केवल इतना ही कहूंगा कि मैं संन्यास त्याग रहा हूं और गृहस्थ आश्रम ग्रहण कर रहा हूं।

मैं स्वीकार करता हूं कि मैंने अपराध किया है। मैं दंड भुगतने को तैयार हूं।

एक बात और स्वीकार करता हूं। कमला ने मुझे एक पूर्ण पुरुष होने का अहसास कराया। अपनी सजा भुगतने के बाद यदि वह सहमत हुई तो मैं उससे विवाह कर लूंगा और शेष जीवन उसके साथ गृहस्थ जीवन गुजारूंगा।"

19

आनंद सुनंदा से कह रहा था–"प्राय: यह तो होता है कि व्यक्ति गृहस्थ जीवन से ऊबकर उससे उपराम हो जाए और संन्यासी बन जाए, यह कभी नहीं सुना कि एक संन्यासी संन्यास से विरक्त होकर संन्यास त्याग दे और फिर से गृहस्थ हो जाए।"

सुनंदा बोली–"आपको याद होगा कि एक बार हम लोग स्वामी सदानंद के आश्रम में गए थे। वहां उनसे विरक्ति और आसक्ति को लेकर जो बातें हुई थीं वे मुझे अच्छी लगी थीं। एक संन्यासी जो अपने संन्यास को भुनाता रहता है, अपने प्रवचनों के लिए खासा धन बटोरता है। बड़े-बड़े आश्रम बनाता है। विदेशों की यात्राएं करके वहां अपने भक्तों और श्रद्धालुओं से अकूत धन जमा करता है। आश्रम के रूप में अपनी बड़ी-बड़ी जायदाद खड़ी करता है, ऐसा व्यक्ति सांसारिकता में पूरी तरह डूबा हुआ होता है। ऐसा व्यक्ति संन्यासी तो नहीं होता।"

कुछ रुककर सुनंदा बोली–"सदानंद के साथ कितने चमत्कार जोड़े जाते थे। दावा किया जाता था कि उनके पास अलौकिक शक्तियां हैं। वे अपनी कृपा दृष्टि से संतानहीन स्त्रियों को संतान दे सकते थे, रोगियों के रोग दूर कर सकते थे। आनंद जी, एक बात से मैं भी भ्रम में पड़ जाती हूं, क्या सचमुच कोई अलौकिक शक्ति है? क्या कुछ लोगों को ऐसी शक्ति प्राप्त होती है? क्या वे चमत्कार कर सकते हैं?"

आनंद ठहाका लगाकर हंसा–"सुनंदा, सिर्फ तुम ही नहीं, बड़े पढ़े-लिखे उच्च पदों पर आसीन व्यक्ति भी भ्रम के शिकार होते हैं। सच बात तो यह है कि कुछ भी अलौकिक नहीं है। सब कुछ लौकिक है। आज हम हवा में उड़ते हैं। समुद्र की तलहटी तक चले जाते हैं। अंतरिक्ष की यात्रा करते हैं–यह सभी कुछ किसी अलौकिकता का

परिणाम नहीं है। सब लौकिक प्रयासों और सब कुछ विज्ञान की देन है।"

इतने में हेमंत आ गया। आनंद हंस दिया–"इसे देखो, लौकिकता का प्रत्यक्ष प्रमाण। हेमंत एक दलित परिवार में पैदा हुआ। यह मात्र एक संयोग था। यह उसके पूर्वजन्म में किए गए कर्मों का प्रभाव नहीं था। इसे ट्रक से कुचलकर मार डालने की साजिश की गई। यह उसमें बच गया। किसी अलौकिक शक्ति ने इसे नहीं बचाया। यह मर भी सकता था। यह मात्र एक संयोग था। बाद में इसका इलाज हुआ। यह ठीक हो गया। यह आधुनिक चिकित्सा प्रणाली के कारण हुआ।"

सुनंदा हंसी–"हम सभी तो यही कहते हैं कि भगवान् ने इसे हाथ देकर बचा लिया...।"

आनंद ने फिर ठहाका लगाया–"भगवान् भी बड़ा चूजी है। किसी को तो वह अपना हाथ देकर बचा लेता है और असंख्य लोगों को कभी प्राकृतिक आपदा से या कभी मनुष्य की बर्बरता के कारण मरने के लिए छोड़ देता है।"

हेमंत ने कहा–"एक बात शायद आप तक न पहुंची हो...जिस ट्रक ने मुझे टक्कर मारी थी उसका ड्राइवर पकड़ा गया है...। पुलिस उससे पूछताछ कर रही है।"

"यह अच्छा समाचार है।"

आनंद बोला–"पुलिस उससे बहुत कुछ उगलवा सकती है।"

सुनंदा बोली–"दयाकृष्ण उसे बचाने की पूरी कोशिश करेगा।"

आनंद ने बताया–"एक बात तो पता लग ही गई थी कि जिस ट्रांसपोर्ट कंपनी का वह ट्रक था वह चावला ट्रांसपोर्ट का था। पुलिस ने कंपनी के मालिक से ड्राइवर के बारे में पूछा तो चावला साहब ने सिर्फ इतना बताया कि हमने उसे कुछ दिनों के लिए एक ड्राइवर के छुट्टी पर जाने के कारण अस्थायी रूप से रखा था। अब वह हमारे पास काम नहीं करता। ट्रक ड्राइवर बाबूलाल को तलाशने के लिए पुलिस शहर की बहुत सी ट्रांसपोर्ट कंपनियों पर नजर रखे थी। बाबूलाल किसी और ट्रांसपोर्ट कंपनी में काम करता हुआ उनकी पकड़ में आ गया। पुलिस

ने उससे पूछा–तुमने एक आदमी को अपने ट्रक से कुचलकर मार डालना चाहा था फिर ट्रक छोड़कर भाग गए। किसके इशारे पर तुमने यह काम किया था? तुम्हें यह करने के लिए कितने पैसे दिए गए थे?"

बाबूलाल इस बात से पूरी तरह इनकार करता रहा था। वह यह कह रहा था कि मेरी असावधानी के कारण वह हादसा हो गया था। ट्रक छोड़कर मैं भाग गया, पुलिस के डर से और इस डर से कि वहां जो भीड़ जमा हो गई थी, वह मुझे पकड़कर बहुत मारती फिर पुलिस के हवाले कर देती। वह इस बात से पूरी तरह इनकार करता रहा है कि किसी के कहने पर कुछ पैसों के लालच में मैंने जानबूझकर वह हादसा किया था।

आनंद बोला–"बाबूलाल सच नहीं बताएगा। दयाकृष्ण नोटों से उसका मुंह बंद कर देगा।"

हेमंत के चेहरे पर चिंता की रेखाएं आईं–"वह मुझे नहीं छोड़ेगा।"

"हेमंत, तुम चिंता न करो," सुनंदा बोली–"दयाकृष्ण आजकल खुद बड़े संकट में फंसा हुआ है। उसे अपनी जान के लाले पड़े हुए हैं। अपने साथ कमांडो लिए बिना वह घर से नहीं निकलता।"

20

सुनंदा की चचेरी बहन है तृप्ति। वह प्राय: मजाक करती है–"हम दोनों की नियति भी कैसी है? हम दोनों का वैवाहिक जीवन समुद्र में आए तूफान में फंसी नैया की तरह हिचकोले खाता रहा है। तेरा आदमी कनाडा में जा बसा है तो अपने आदमी से मैं अलग हो गई हूं। अशोक ने दूसरा विवाह कर लिया है और दो बेटियों का बाप बनकर एक सद्गृहस्थ की भांति जी रहा है।"

सुनंदा बोली–"कुछ समय पहले सुमीत मुझे कनाडा ले जाने के लिए दिल्ली आया था। कनाडा की जिस लड़की से उसने शादी की, जिसके कारण वह मुझे भुला बैठा था वह उसे छोड़ गई। तब उसे मेरी जरूरत महसूस हुई। उस समय उसके साथ जाने को मैं तैयार नहीं हुई। मुझे ऐसा लगा कि उसे सिर्फ एक औरत चाहिए...एक न सही दूसरी, दूसरी नहीं तो तीसरी। मैंने ऐसी सोच वाले आदमी से किनारा कर लिया। सौभाग्य से मुझे आनंद जी का साथ मिल गया–मैं 'क्लैमर' से जुड़ गई। मुझे जीवन का एक अर्थ मिल गया है। मैं बहुत खुश हूं।"

तृप्ति बोली–" दीदी, मैं बहुत खुश हूं। नौकरी कर रही हूं और अजीत को पाल रही हूं। पर...तुम्हें एक मजेदार बात सुनाऊं, हो सकता है तुम्हें अजीब लगे। एक दिन मैं अपने स्कूल से निकलकर बस अड्डे पर आई। उस दिन गर्मी बहुत थी। संयोग से वहीं अशोक मिल गया। आजकल वह परिवारसहित सहारनपुर रहता है। रेलवे स्टेशन से निकलकर वह भी बस स्टॉप पर आ गया था।

हम एक-दूसरे को देखकर चौंक पड़े थे। उसने पूछा–'तृप्ति, कैसी हो?'

मैंने कहा–'ठीक हूं...इस समय आप कहां जाएंगे?'

वह बोला–'पश्चिम विहार में मेरा मित्र सुदेश रहता है। रात उसी के पास रहूंगा। कल अपना काम समाप्त करके वापस सहारनपुर चला जाऊंगा।'

एकाएक पता नहीं मुझे क्या सूझा? मैं बोल पड़ी–'आप चाहें तो मेरे साथ मेरे घर चले चलिए, वहां आपको कोई कष्ट नहीं होगा।' वह बहुत हिचकिचाते हुए मुझे देखने लगा।

मैंने कहा–'मैं पिछली कोई बात नहीं छेड़ूंगी। आप बिना किसी संकोच के मेरे साथ चल सकते हैं।'

वह तैयार हो गया। मैं उसे अपने फ्लैट में ले आई। मैंने उसकी पसंद का खाना खिलाया। उसने अजीत के बारे में पूछा। मैंने उसे बताया–वह देहरादून के एक स्कूल में पढ़ता है। छुट्टियों में आ जाता है।

दूसरे दिन वह नाश्ता करके चला गया। दीदी, सच कहूं...उस दिन मैं पूरी तरह हिल गई थी। एक आदमी जो इतने बरस मेरा पति था, एक रात मेरे फ्लैट में रहा...काफी उद्विग्न करने वाला अनुभव था। "

सुनंदा अपने संबंध में सोचने लगी। वह किस प्रकार आनंद के संपर्क में आई और जुड़ती चली गई। वह फ्रीलांस करती थी और कई पत्र–पत्रिकाओं के लिए थिएटर की गतिविधियों पर कॉलम लिखती थी। क्लैमर में ऐसा कोई कॉलम नियमित रूप से नहीं छपता था। वह क्लैमर में नियमित लिखने लगी।

आनंद जी को मेरा लिखा अच्छा लगने लगा...मैं क्लैमर परिवार का हिस्सा बन गई। कोमल भाभी भी मुझे अपना मानने लगी। जब आनंद जी इमरजेंसी के दौरान पुलिस द्वारा गिरफ्तार कर लिए गए तो कितने ही महीने मैं कोमल के साथ उनके घर रही।

लेकिन मैं हूं क्या? क्या मेरा जीवन इसी प्रकार गुजरेगा? क्या मेरे पास भी गृहस्थी जैसी कोई चीज होगी? क्या मैं मां बनूंगी?

इतने सारे प्रश्नों के उत्तर ढूंढ़ने में उसके लिए उलझन हो रही थी।

इन दिनों देसराज गंभीर नाम के एक सज्जन आनंद से मिलने के लिए टोरंटो से आए हुए थे। वे क्लैमर के नियमित पाठक थे और

इंटरनेट पर उसे पढ़ा करते थे। सुनंदा के मन में कौतूहल जाग उठा। सुमीत भी तो कनाडा में है। पिछली बार जब वह भारत आया था और वह उसे अपने साथ वहां ले जाना चाहता था, उसके ना कहने पर यहीं से दूसरी शादी करके वापस चला गया था। उसका उसके साथ कोई संपर्क नहीं हुआ था। देसराज गंभीर से सुमीत के बारे में वह जानना चाहती थी–क्या उसे वह जानता है? उसका क्या हाल है?

एक दिन आनंद से बातों-बातों में देसराज ने बताया कि कनाडा में भी पंडितों, ज्योतिषियों, तांत्रिकों, नजूमियों, भविष्य बताने वालों का कितना बड़ा जाल फैला हुआ है।

आनंद ने कुछ आश्चर्य व्यक्त करते हुए पूछा था–"क्या पश्चिमी संसार में भी लोग तंत्र-मंत्र ज्योतिष में उसी प्रकार विश्वास करते हैं जैसे यहां करते हैं? वहां के लोग तो अधिक वैज्ञानिक सोच वाले होते हैं। यहां के लोगों की तरह अंधविश्वासी नहीं होते।"

वह बोला–"आप ठीक कहते हैं। उस दुनिया के लोग ऐसे अंधविश्वासी नहीं होते जैसे हम लोग हैं। इनमें भी अनेक ग्रंथियां होती हैं, पर हमारे जैसी नहीं। जब से मैं यहां आया हूं, देख रहा हूं यहां कितने कवच बिक रहे हैं। लक्ष्मी कवच, शिव कवच, हनुमान कवच, शत्रु विनाशक कवच, शादी बाधा निराशा कवच, नजर निरोधक कवच। सभी कवचों का मूल्य 2100 रुपए से लेकर 500 रुपए तक का है। सभी लोग किसी न किसी समस्या से घिरे रहते हैं, इसलिए सभी को कोई न कोई कवच चाहिए।"

आनंद हंसा–"नो बिजनेस इज लाइक गॉड बिजनेस-भगवान् से अच्छा कोई व्यवसाय नहीं। गंभीर साहब, इस देश का आदमी बुरी तरह डरा हुआ, असुरक्षित आदमी है। यह देश सदियों तक गुलाम रहा है। यहां हमलावर मुतवातिर आते रहे, जो लोगों का व्यापक नरसंहार करते थे, उन्हें लूटते थे। अफगानिस्तान से आए अहमदशाह दुर्रानी ने कुछ वर्षों के अंदर ही देश पर आठ आक्रमण किए थे। उसने व्यापक कत्लेआम किया था और जी भरकर लोगों को लूटा था। उस समय पंजाब में एक उक्ति प्रचलित हो गई थी–

खादा-पीता लाहेदा
रहिंदा अहमद शाहे था

जो खा-पी लिया वह तो अपना है, जो बच जाएगा वह तो अहमदशाह का है। पर गंभीर साहब, जो भारतीय विदेशों में चले गए हैं और वहीं बस गए हैं, अच्छा-खासा कमा रहे हैं। वे तो ऐसे डर या असुरक्षा भावना से मुक्ति पा गए होंगे।"

आनंद की इस बात पर देसराज ठहाका लगाकर हंसा-"आनंद जी, ऐसे लोग वहां जाकर कहीं अधिक असुरक्षित हो गए हैं। यहां रहते हैं तो उन्हें यह भरोसा रहता है कि यदि उन पर कोई संकट आया तो उनकी सहायता के लिए सगे-संबंधी हैं, मित्र हैं, जो उन्हें किसी भी संकट से उबार लेंगे। विदेश में उनकी मदद कौन करेगा? उनकी ऐसी कमजोरी का लाभ लेने के लिए वहां भी तांत्रिकों की, ज्योतिषियों की लंबी कतार पैदा हो गई है। हर शहर में ऐसे लोग कुकुरमुत्ते की तरह उग आए हैं। इनके बड़े-बड़े विज्ञापन छपते हैं।"

देसराज ने अखबारों की कुछ कतरनें आनंद के सामने फैला दीं। एक कतरन थी-दुनिया के जाने-माने ज्योतिषी-मास्टर अमर जी-काले इल्म और जादू-टोने की काट के स्पेशलिस्ट। क्या आपके काम-रोजगार को किसी ने जादू कर दिया है? क्या आपके स्वास्थ्य पर किसी ने जादू कर दिया है? क्या आप किसी दीवानी या फौजदारी केस में फंस गए हैं? क्या आप पति-पत्नी में लड़ाई होती रहती है? या आपकी कोई और समस्या है? आप मास्टर अमर जी से मिलिए। मास्टर जी गारंटी के साथ सभी समस्याओं का निदान निकाल देंगे।

एक अन्य विज्ञापन में पीर सैयद साहब ने दावा किया था कि उनके पास प्राकृतिक शक्तियों का भंडार है और काले जादू का पुराना अनुभव है। किसी भूत, चुड़ैल से सदा के लिए छुटकारे का इलाज है। सभी प्रकार के संकटों के समाधान की तीन दिन की गारंटी दी जाती है।

एक अजमेरी बाबा हैं। उनका दावा है कि आपकी माशूका यदि

पत्थर दिल है तो अजमेरी बाबा से संपर्क करिए। उनकी दैवी शक्ति की कृपा से सात दिनों में आपका प्रेमी या प्रेमिका आपके वश में हो जाएगा/जाएगी।

गंभीर ने बताया कि ऐसे तांत्रिक और ज्योतिषी भी हैं जो दावा करते हैं कि जिन लोगों को कनाडा आने और बसने का वीजा नहीं मिल रहा है उन्हें वे अपनी तंत्र विद्या से वीजा प्राप्त करवा सकते हैं और कमाऊ धंधा भी दिलवा सकते हैं।

आनंद हंसा–"अगर किसी तांत्रिक की मदद से किसी को कनाडा जाने का अवसर मिलता है तो आधा हिंदुस्तान खास तौर पर पंजाब वहां जाना चाहेगा। गंभीर जी, क्या सभी अखबार या पत्रिकाएं ऐसे विज्ञापन छापते हैं?"

"यह बात भी ध्यान देने योग्य है," वह बोला–"टोरंटो, वैंकुवर जैसे नगरों से पंजाबी, हिंदी, उर्दू आदि भारतीय भाषाओं में अनेक पत्र-पत्रिकाएं छपती हैं। ऐसे विज्ञापन केवल इन्हीं में छपते हैं। अंग्रेजी या फ्रेंच भाषा के पत्रों में ऐसे विज्ञापन नहीं छपते हैं, न उन पर किसी प्रकार की चर्चा होती है।"

आनंद बोला–"यहां भी यही स्थिति है। अलौकिक चमत्कार, तंत्र-मंत्र, कवच आदि के विज्ञापन हिंदी या अन्य भारतीय भाषाओं में प्रकाशित होने वाले पत्रों में ही छपते हैं, किसी भी स्तरीय अंग्रेजी अखबार में नहीं।"

गंभीर बोला–"ऐसा धंधा करने वाले लोग यह जानते हैं कि अंग्रेजी पढ़ने वाले वर्ग को इतनी जल्दी न मूर्ख बनाया जा सकता है, न ठगा जा सकता है। उसका मानसिक स्तर संभवतः हिंदी पढ़ने वाले लोगों से कहीं ऊंचा होता है।"

21

दयाकृष्ण को पक्षाघात हो गया। उनके शरीर का बायां हिस्सा लकवाग्रस्त हो गया। उनका मुंह भी टेढ़ा हो गया था। उनसे ठीक से बोला नहीं जाता था। छड़ी का सहारा लेकर खड़े होते थे। पैर बुरी तरह डगमगाने लगे थे।

डॉक्टर कहते थे–लगातार तनाव में रहने के कारण उनकी यह दशा हुई है। एक फिजियोथिरापिस्ट घर आकर उनकी मालिश करता और अनेक प्रकार की कसरतें कराता था।

यह सुनकर रश्मि उनके घर पहुंची। लंबे अंतराल के बाद वह इस घर में आई थी। हेमंत ने पूछा–क्या मैं भी तुम्हारे साथ चलूं? रश्मि बोली–आपका जाना ठीक नहीं होगा। आपको सामने देखकर उनकी जैसी प्रतिक्रिया होगी उससे उनकी हालत और खराब न हो जाए। पता नहीं मुझे देखकर उनकी क्या प्रतिक्रिया हो। फिर भी मैं जाऊंगी। पता नहीं भाभी-बच्चे किस हाल में हों।

रश्मि पहुंची तो दयाकृष्ण को देखकर रो पड़ी। कुछ देर पहले ही फिजियोथिरापी का डॉक्टर उनकी मालिश करके गया था। वे निढाल होकर पलंग पर लेटे हुए थे। रश्मि को देखकर उन्होंने आंखें फेर लीं और पत्नी को इशारा किया कि वह उन पर चादर उढ़ा दे।

रश्मि को धक्का लगा। वह उनके पास बैठ गई। उसने उनका दायां हाथ अपने दोनों हाथों में ले लिया। बोली–"क्या आपने मुझे क्षमा नहीं किया है? इस समय आपकी जो दशा है, उसका कारण मैं हूं। मेरे कारण ही आप इतनी बड़ी टेंशन में आए हैं।"

उत्तर उनकी पत्नी ने दिया–"रश्मि, टेंशन इन्हें तुम्हारे कारण नहीं है। असली टेंशन तो इस बात की है कि सिख विरोधी दंगों के दोषियों

में इनका नाम जुड़ गया है। सच पूछो तो उनके साथ इनका कोई संबंध नहीं है। पता नहीं लोग इनके पीछे क्यों पड़े हैं? ये हजार बार कह चुके हैं कि उन दंगों को भड़काने में इनका कोई हाथ नहीं था, लेकिन कोई इनकी बात को नहीं मानता। दंगों को लेकर जितनी किताबें छपी हैं, उन सभी में यह आरोप लगाया गया है कि उन्होंने दंगाई भीड़ की अगुवाई की थी। उग्रवादियों ने कुछ उन लोगों की हत्या भी कर दी थी, जिन पर ऐसे आरोप लगे थे। पुलिस ने हमारी सुरक्षा के लिए बहुत से इंतजाम किए हैं। हम पुलिस-सुरक्षा में आ गए हैं। हमारा घर से निकलना दूभर हो गया है। सारा तनाव तो इस बात का है।"

रश्मि सारी बात सुनती रही और रोती रही। "आज भाईसाहब ने मुझे देखकर मुंह मोड़ लिया। मुझे आशीर्वाद देना तो दूर की बात, चादर ओढ़कर आंखें बंद कर लीं। मैं जानती हूं कि वे मुझसे बहुत नाराज हैं। मैंने उनकी मर्जी के खिलाफ हेमंत से शादी की, वह भी दलित जाति के व्यक्ति से। क्या यह इतना बड़ा गुनाह है कि इसके लिए भाई-बहन का रिश्ता टूट जाता है। सदा के लिए? वे बीमार हैं, क्या मैं उन्हें देखने भी नहीं आ सकती?"

एकाएक दयाकृष्ण की आंखें खुलीं। वे भीगी हुई थीं। उन्होंने दाहिना हाथ उठाया, रश्मि के सिर पर रख दिया-"खुश रहो...सुखी रहो।"

तीसहजारी की एक अदालत ने साक्ष्यों के अभाव के कारण दयाकृष्ण को उन पर चल रहे एक मुकदमे से पूरी तरह बरी कर दिया था। इस समाचार से लकवे से पीड़ित दयाकृष्ण के परिवार को बड़ी राहत मिली थी। दयाकृष्ण के मुरझाए चेहरे पर भी कुछ खुशी की रंगत आ गई थी, लेकिन जगदीश कौर वाला मुकदमा एक दूसरी अदालत में चल रहा था। जगदीश कौर ने स्वयं अदालत में हाजिर होकर अपने पति की हत्या का विवरण सुनाया था। अपने साथ हुए व्यवहार को भी उसने जज के सामने रखा था और श्रीमती सोलंकी की सहायता की भरपूर चर्चा उसने अदालत में की थी। अदालत ने श्रीमती सोलंकी को गवाह के रूप में बुलाया था। वह अपने पुराने बयान पर कायम थी। दयाकृष्ण

ने उस पर बहुत दबाव डलवाया था कि वह अपना बयान बदल दे, परंतु वह टस से मस नहीं हुई थी।

दयाकृष्ण के लिए यह बड़ा सिर दर्द था। बीमारी के कारण उसे अदालत में पेश होने से छूट मिली हुई थी। सारी जिरह उसका वकील करता था। उसने अनेक सूत्रों से श्रीमती सोलंकी पर दबाव डलवाया था, पर कोई लाभ नहीं हुआ था।

दयाकृष्ण जानता था कि इस केस में यह गवाही कितना महत्त्व रखती है। यदि अदालत का फैसला उसके पक्ष में नहीं होता है तो परिणाम बड़ा गंभीर हो सकता है।

दंगा-पीड़ितों ने इंडिया गेट के पास सात दिनों का एक कैंप लगाया और सुबह नौ बजे से शाम सात बजे तक बिना कुछ खाए-पिए धरना देने का कार्यक्रम किया। इस कार्यक्रम में मानवीय अधिकारों के संरक्षण से जुड़े नेता भी आए। विपक्षी राजनीतिक दलों के अनेक नेता भी बीच-बीच में आकर भाषण देते रहते। सभी ने एक बात पर जोर दिया कि दंगों के दोषियों को गिरफ्तार किया जाए, उन्हें दंडित किया जाए, पीड़ित लोगों को जो मुआवजा दिया गया है उसमें बढ़ोतरी की जाए। अधिक जोर इस बात पर दिया गया कि दंगों को भड़काने में जिन लोगों ने विशेष भूमिका निभाई थी, उन्हें तुरंत गिरफ्तार किया जाए।

हिंदी की एक साप्ताहिक पत्रिका ने अपने आवरण पृष्ठ पर दयाकृष्ण का बड़ा चित्र छापा और उसके ऊपर लिखा–दयाकृष्ण दोषी को तुरंत गिरफ्तार किया जाए। इस पत्रिका की हजारों प्रतियां सातों दिन लोगों में बांटी गईं।

सभी वक्ताओं ने अपने भाषणों में कुछ और नामों के अलावा दयाकृष्ण का नाम भी बार-बार लिया और उसकी तुरंत गिरफ्तारी की मांग की। एक वक्ता ने दयाकृष्ण के बारे में यह भी कहा कि यह व्यक्ति दलित विरोधी भी है। इसकी बहन एक बहुत पढ़े-लिखे योग्य दलित व्यक्ति से प्रेम करती थी। इसने उस व्यक्ति को रोकने की बहुत कोशिश की। उसे ट्रक से कुचलवाकर मरवा डालने की साजिश भी की।

दयाकृष्ण ये सारी खबरें अखबारों में भी पढ़ता था और रेडियो पर भी सुनता था। उसका तनाव और बढ़ जाता। किसी ने उसके पास साप्ताहिक पत्र की एक प्रति भी भेज दी थी।

दयाकृष्ण की नींद हराम हो गई थी। कभी-कभी अधनींदे में उसे लगता था—पुलिस उसे पकड़ने के लिए आ गई है और उसे घसीटकर ले जा रही है।

22

विश्वविद्यालय में पत्रकारिता विषय में विद्यार्थियों में रुचि निरंतर बढ़ती जा रही थी। जब से विश्वविद्यालय के पत्रकारिता विभाग द्वारा आनंद को अतिथि शिक्षक के रूप में आमंत्रण मिला था, वह सप्ताह में चार दिन वहां क्लास लेने के लिए जाने लगा। एक दिन एक विद्यार्थी ने पूछा–"सर, संसार में इस समय जो स्थिति है, आतंकवादियों की कार्रवाइयों में जितने लोग मर रहे हैं, संसार के कितने ही भागों में युद्ध चल रहे हैं, उससे लगता है कि मानवता का भविष्य उज्ज्वल नहीं है। आप क्या सोचते हैं?"

आनंद ने उस विद्यार्थी को बड़े ध्यान से देखा–" देखो संजय, तुम्हारी बात कुछ हद तक ठीक है, पर कुछ हद तक मैं समझता हूं कि संसार का भविष्य इतना निराशाजनक नहीं है जितना तुम समझते हो। संसार दो बड़े विश्वयुद्ध देख चुका है। एटमबम का महाविनाशक विस्फोट देख चुका है। तीसरे विश्वयुद्ध की संभावना पर बहुत कुछ कहा जा चुका है। इसमें कोई शक नहीं है कि कुछ भागों में आज भी युद्ध हो रहे हैं। आज एटमबम कितने देशों के पास है, परंतु विश्वयुद्ध और एटमबम के विस्फोट की कोई संभावना नहीं है, क्योंकि सभी देश जानते हैं कि यदि विश्वयुद्ध हुआ और उसमें अणु-शक्ति का विस्फोट हुआ तो उनका भी विनाश हो जाएगा।

" तुम यह भी देखो, आज संसार में कितनी सार्थक प्रगति हुई है। बड़ी-बड़ी महामारियां अब कहां हैं? मनुष्य की उम्र में कितनी बढ़ोतरी हुई है। साक्षरता कितनी बढ़ गई है। वैज्ञानिक प्रगति ने संसार को कितना छोटा कर दिया है। मनुष्य चांद पर पहले ही पहुंच चुका है। अब मंगल ग्रह पर जीवन की तलाश की तैयारी हो रही है। संयुक्त राष्ट्र संघ की एक रिपोर्ट कहती है कि सारे संकटों के बावजूद विश्व में सुख-शांति है। "

उसी विद्यार्थी ने पूछा–"सर, यह बताइए कि आजकल बौद्धिक

जगत् में सभ्यताओं के आपसी संघर्ष की बड़ी चर्चा है। कहा जाता है कि सारा संसार ऐसे संघर्ष की ओर बढ़ रहा है। आप क्या सोचते हैं।"

आनंद कुछ देर सोचता रहा फिर बोला–"तुमने बड़ी गंभीर बात पूछी है। एक अमेरिकी विद्वान् सैमुअल हैंटिंगटन ने बीसवीं सदी के अंत में एक लेख लिखा था कि सारा संसार सभ्यताओं के संघर्ष की ओर बढ़ रहा है। अमेरिका की दो बड़ी इमारतों पर इस्लामी आतंकवादियों ने हमला किया था, उससे फिर इराक से छिड़े युद्ध से हैंटिंगटन ने कुछ इसी प्रकार के निष्कर्ष निकाले थे।"

सैमुअल हैंटिंगटन की इस थीसिस की सारे संसार में चर्चा हुई। प्रशंसा भी हुई और आलोचना भी। वह इस संघर्ष को इस्लाम और ईसाइयत के बीच का संघर्ष भी मानते हैं। यूरोप में ईसाई और मुसलमान कई सदियों तक आपस में लड़ते रहे हैं। अफ्रीका की ओर से आए मुसलमानों ने यूरोपीय ईसाई प्रधान देश स्पेन पर लगभग सात सौ वर्षों तक राज्य किया था। बाद में ईसाइयों ने लंबा संघर्ष करके मुसलमानों को वहां से निकाला। सैमुअल हैंटिंगटन ने चीन की बढ़ती हुई शक्ति की ओर भी संकेत किया है और उसके माध्यम से भी ऐसे संघर्ष की संभावना की आशंका व्यक्त की है।

एक अन्य विद्यार्थी ने पूछा, "सर, आजकल ऐसे संतों, बाबाओं और योगियों की बड़ी चर्चा है जिनके चमत्कारों के किस्से सुनाए जाते हैं। शायद आपको भी ऐसे पत्र मिलते होंगे, जिनमें कहा गया होता होगा कि संसार का उद्धार करने के लिए जीवनतार का अवतार हो चुका है। उनकी शरण में आने पर सभी मनोकामनाएं पूरी हो जाती हैं। इस पत्र की 31 प्रतियां करवाकर अपने परिचितों और मित्रों को 4 दिन के अंदर भिजवा दीजिए। गंगेश्वर धाम के प्राध्यापक मुकुंदलाल ने इस आदेश का पालन किया तो उनकी दस लाख की लॉटरी निकल आई। उनके एक साथी जीवनलाल ने इस पत्र की उपेक्षा कर दी तो उनकी नौकरी छूट गई।

तुरंत इस पत्र की प्रतियां लिखकर भेज दीजिए और चार दिनों में इसका प्रभाव देख लीजिए।

बाबा जीवनतार का
परम भक्त

आप ऐसे पत्रों का क्या करते हैं?"

आनंद मुस्कराते हुए बोला–"रद्दी की टोकरी में फेंक देता हूं। जहां तक चमत्कारों की बात है, मेरा मत है कि चमत्कार नाम की कोई चीज नहीं होती। कुछ भी अलौकिक नहीं होता।"

एक और विद्यार्थी ने पूछा–"सर, यह बताइए कि यह आपकी अपनी सोच है या इस संबंध में कोई शोध-कार्य भी हुआ है।"

आनंद बोला–" एक नाम मैं आपको बता सकता हूं जिन्होंने इस विषय पर बड़ी तन्मयता से शोध किया। वे थे डॉ. अब्राहम थामस कावूर। उनका जन्म केरल के एक ईसाई परिवार में हुआ था। उनके पिता एक पादरी थे। प्रारंभिक शिक्षा केरल में लेने के पश्चात् वे उच्च शिक्षा प्राप्त करने के लिए कोलकाता चले गए। वहां उन्होंने जीवविज्ञान और वनस्पति विज्ञान की पढ़ाई की। सारी दुनिया में पसरे हुए अंधविश्वास, भूत-प्रेत, आत्मा, पुनर्जन्म आदि के रहस्यों को जानने के लिए अपना सारा जीवन लगा दिया। वे इस निष्कर्ष पर पहुंचे कि 'चमत्कार, अलौकिकता, आत्मा, भूत-प्रेत, दैवी शक्ति आदि नाम की कोई चीज नहीं है। प्रकृति के अनेक रहस्य जो उद्‌घाटित हुए हैं, वे मनुष्य की अपनी वैज्ञानिकता की खोज के कारण ही हुए हैं, किसी दैवी शक्ति के कारण नहीं हुए। वैज्ञानिक खोजों के कारण भविष्य में भी ऐसे रहस्य खुलते रहेंगे।'

" डॉ. कावूर एक बार सत्य साईं बाबा से भी मिले थे। उन्होंने उन्हें चुनौती देते हुए कहा था–'आप मुझे कोई चमत्कार करके दिखाएं, मैं आपको इसी समय एक लाख रुपए दूंगा।' साईं बाबा उनकी बात टाल गए थे। "

आनंद बोला–"आध्यात्मिकता और अलौकिकता दो अलग-अलग बातें हैं। आध्यात्मिकता हमारे अंतस् का विस्तार है। वह हमारी मानसिकता, हमारी सोच, हमारे चिंतन को गति देने वाली प्रक्रिया है। अलौकिकता एक ऐसा विश्वास है, जो झटपट अंधविश्वास में परिवर्तित हो जाता है जिसमें तर्क या जिज्ञासा का कोई स्थान नहीं होता।"

23

इम्तियाज बोला—"आनंद जी, आजकल मैं बड़ी उलझन में फंसा हुआ हूं।"

"क्या बात है?" आनंद हंसते हुए बोला—"क्या किसी औरत का चक्कर है? पर इसमें भी तुम्हारे लिए खास चक्कर नहीं है। तुम्हारी शरीअत तुम्हें चार बीवियों तक की इजाजत देती है।"

"आनंद भाई, चार बीवियों तक की इजाजत तो है, लेकिन एक परसेंट मुसलमान भी आज एक से ज्यादा बीवी नहीं रख सकते। इनमें गरीबी इतनी ज्यादा है कि एक बीवी लेकर गुजारा करना बहुत मुश्किल होता है। उससे जो बच्चे होते हैं, उनकी परवरिश भी वे ठीक ढंग से नहीं कर पाते। मुसलमानों में तालीम कम है, इसका सबब भी यही कि लड़का हुआ तो थोड़ा बड़ा होते ही उसे किसी कमाऊ काम पर लगा दिया जाता है। लड़की हुई तो उसे जल्दी से जल्दी ब्याह दिया जाता है। चार बीवियों वाली बात तो बस एक मिथ है, जो इनके साथ जुड़ी हुई है, लेकिन आनंद भाई, मेरी उलझन भी बिना शक एक औरत से जुड़ी हुई है।"

आनंद कुछ आश्चर्य से उसे देखने लगा।

"सुनोगे तो आप भी उलझन में फंस जाओगे।"

"ऐसी क्या बात है?"

"विकासपुरी, जहां मैं रहता हूं। मेरे फ्लैट के सामने ही लाला मुकुंदी लाल रहते हैं। कभी सामने पड़ जाएं तो उनसे दुआ-सलाम हो जाती है। एक दिन, पता नहीं क्या हुआ कि मेरी बेगम ईद की सिवइयां लेकर उनके घर पहुंच गई, यह भी कि आम तौर पर हिंदू घरों में मुसलमानों के घर में बनी हुई कोई चीज नहीं खाते, पर मुकुंदी लाल जी

की बीवी ने बड़े प्यार से उसके द्वारा लाई हुई सिवइयां ले लीं और उसी के सामने उसे चखा और बड़ी तारीफ की।

इसके बाद हमारा उस घर में ज्यादा आना-जाना शुरू हो गया। उस घर से दीवाली पर मिठाई और होली पर गुझिया बनकर आने लगी। मैं मुकुंदी लाल जी की पत्नी को बहन जी कहता था और वे मुझे भाईसाहब कहती थीं।

लेकिन इसमें भी एक अजीब बात थी। वह औरत एक औरत के रूप में कभी मुझे अच्छी नहीं लगी। उसकी आवाज बड़ी कीकती हुई थी और शरीर बड़ा थुलथुल सा। मुकुंदी लाल की वह दूसरी बीवी थी। पहली बीवी की मौत हो गई थी। उससे उनके एक लड़का था। वह किसी सरकारी दफ्तर में काम करता था और अपने परिवार के साथ सरकारी क्वार्टर में रहता था।

सुशीला, मुकुंदी लाल की दूसरी बीवी, का भाई सिंगापुर में रहता था। उस दिन मैंने उसे बेतहाशा रोते हुए देखा जब उसे यह पता लगा कि उसके भाई की सिंगापुर में किसी हादसे में मौत हो गई है। सुशीला का बुरा हाल था। उसका रोना नहीं देखा जा रहा था। मुझे भी बहुत अफसोस था। मैं उसे ढाढ़स बंधाने की बड़ी कोशिश कर रहा था, पर वह लगातार अपनी कीकती और बेसुरी आवाज में रोती ही जा रही थी।

एक दिन मुकुंदी लाल सुबह-सुबह उसे लेकर मेरे फ्लैट में आ गए। बोले-'इम्तियाज भाई हमारे दोनों परिवारों में बहुत प्यार है। आप सुशीला को बहन कहते हैं, वह आपको भाई मानती है। वह चाहती है कि आप सचमुच उसके भाईजान बन जाएं और वह आपकी बहन। मैं भी यही चाहता हूं। उम्मीद है इसमें आपको कोई एतराज नहीं होगा।'

मैं बोला-मुकुंदी लाल जी, इसमें एतराज की क्या बात है?...यह तो बड़ी खुशी की बात है।

सुशीला ने उठकर झटपट मुझे अपने कलावे में ले लिया। उसके कलावे में आकर जैसे मुझे उबकाई-सी होने लगी। फिर भी मुझे दिखावा करना पड़ा। राखी वाले दिन वह मेरे माथे पर टीका लगाने लगी। ऐसे दिन वह बिना कुछ खाए-थाली में राखी और टीका लगाने

के लिए चंदन-रोली लेकर मेरे फ्लैट में आ जाती है और हिंदू औरतें जिस प्रकार की रस्म करती हैं वैसा ही करती है। इन दोनों मौकों पर मैं उसे कुछ रुपए दे देता हूं।"

आनंद इम्तियाज की बात बड़े ध्यान से सुनता रहा। अपने आप में यह एक विचित्र बात थी। एक मुसलमान व्यक्ति एक हिंदू औरत से राखी बंधवाता है, माथे पर टीका लगवाता है। वह उस औरत को पसंद भी नहीं करता, पर उसे बहन मानने का दिखावा भी करता है।

आनंद बोला-"इम्तियाज भाई, हम एक-दूसरे को बरसों से जानते हैं, पर आपकी जिंदगी के इस पहलू को मैंने कभी नहीं जाना।"

इम्तियाज मुस्कराया-"क्या हम यह दावा कर सकते हैं कि हम अपनी जिंदगी के सभी पहलू जानते हैं?" यह सब कहते-कहते इम्तियाज कुछ उदास हो गया। बोला-"आनंद जी, यह सच है कि मैं सुशीला को औरत के रूप में पसंद नहीं करता था, पर हालात कुछ ऐसे बने कि मैं उसका भाई बन गया, उससे राखी बंधवाने लगा। अब वह मेरी मुंहबोली बहन थी। लाला मुकुंदी लाल की पहली बीवी से एक बेटा है सतिंदर। कुछ दिनों बाद वे अपनी नौकरी से रिटायर हो गए। अब सतिंदर उन पर जोर डालने लगा कि वे उन्हीं के साथ आकर रहें। सुशीला को भी वह अपने परिवार के साथ बड़ी इज्जत से रखेगा। सुशीला उसके घर में उसके साथ नहीं रहना चाहती थी, पर सतिंदर और उसकी बीवी उर्मिला के बहुत जोर देने पर मुकुंदी लाल उनके साथ रहने को तैयार हो गए। सुशीला के पास अब कोई चारा नहीं बचा। वह भी अपने पति के साथ सतिंदर के घर आ गई।

यहीं से मेरी मुंहबोली बहन की दुःख भरी दास्तान शुरू हो गई। कुछ महीने बाद मुकुंदी लाल बीमार हो गए और उनकी मौत हो गई। उनकी जिंदगी में सतिंदर और उर्मिला सुशीला की बड़ी इज्जत करते थे और उसे मां का दर्जा देते थे। सुशीला यह समझती थी कि सतिंदर की नजर उनके प्राविडेंट फंड और उनके बीमा की रकम पर है। मुकुंदी लाल इस बारे में कोई वसीयत नहीं कर गए थे। नतीजा यह हुआ कि सतिंदर इस रकम का पूरा दावेदार बन गया। मेरी बहन

को कुछ भी नहीं मिला।

मैं इस मामले में कुछ दखल दे सकता था, लेकिन मैं सुशीला का सिर्फ मुंहबोला भाई था, वह भी एक मुसलमान। मेरी किसी भी तरह की दखलंदाजी के गलत मतलब निकाले जा सकते थे। मैं मन मसोस के चुप बैठा रहा। बस कुछ वक्त के बाद ही सतिंदर और उसकी बीवी का रवैया सुशीला के लिए बदल गया। वे उसके साथ बुरा बर्ताव करने लगे। उनके घर की छत पर एक बरसाती बनी है। उन्होंने सुशीला को मजबूर कर दिया कि वह उसमें चली जाए और अपना खाना भी खुद बनाए।

मेरी बहन पूरी तरह बेसहारा हो गई। रुपए-पैसे की भी उसे किल्लत होने लगी।

पिछली राखी के दिन वह मुझे राखी बांधने आई। उसे देखकर मुझे बड़ा सदमा पहुंचा। उसका चेहरा बड़ा मुरझाया हुआ था। वह एकदम बूढ़ी लग रही थी। राखी वाले दिन वह पहले की तरह थाली में कुछ सूखे मेवे और मिठाई, तिलक लगाने के लिए चंदन लेकर आई। पहले की तरह उसने मुझे राखी बांधी, तिलक लगाया और मेरे मुंह में मिठाई का टुकड़ा डाला। उस दिन सचमुच मेरा जी भर आया। मैंने उसे कलावे में ले लिया और कुछ रुपए उसकी मुट्ठी में दबा दिए।

उसने मुझे बताया कि वह पास की एक गारमेंट्स बनाने वाली कंपनी में काम करने लगी है। वहां उसे सिलाई का काम करना होता है। काम के हिसाब से पैसे मिल जाते हैं। कुछ काम वह घर भी ले आती है। किसी तरह गुजारा हो रहा है।

24

स्वामी सदानंद ने संन्यास त्याग दिया था। कोर्ट ने उन्हें जो सजा दी थी उसे भी उन्होंने भुगत लिया था। जेल में उन्होंने जो व्यवहार किया था, अपने साथी कैदियों की जिस प्रकार सेवा की थी उससे प्रभावित होकर उनकी सजा में भी कुछ कटौती कर दी गई थी।

जेल से छूटते ही उन्होंने कमला से विवाह कर लिया। उन्होंने संन्यासी वेश छोड़ दिया था और सामान्य सा गृहस्थ जीवन जीने लगे थे। उनकी पृष्ठभूमि को लोग जानते थे। इसलिए लोग उन्हें स्वामी जी कहकर ही पुकारते थे।

एक दिन वे कमला से बोले–"कमल, हम दोनों ने नया जीवन शुरू किया है। मैंने तिलक विहार में आकर देखा है कि सन् 1984 के दंगों में जो लोग मारे गए थे, उनकी विधवाएं, उनकी आश्रित महिलाएं, उनके बच्चे किस प्रकार जीवन जी रहे हैं। मैं अब अपना जीवन इनकी सेवा में गुजारना चाहता हूं। मैं जानता हूं कि कुछ स्वयंसेवी संस्थाएं इनकी सेवा में काम कर रही हैं। मैं बच्चों की पढ़ाई की ओर विशेष ध्यान देना चाहता हूं।"

कमला बोली–"आप किस प्रकार इनकी सहायता कर सकते हैं?"

वे बोले–"कमल, सोचो। जब ये बच्चे बड़े हो जाएंगे तो इनके सामने कितनी कड़वी यादें होंगी। ऐसी यादों की कड़वाहट इन्हें कैसा इनसान बना देगी। इन्हें कुछ शिक्षा मिल गई तो इन्हें कुछ अच्छी और सार्थक दिशा मिल जाएगी। मैं इनके लिए स्कूल खोलना चाहता हूं। एक कॉलेज भी बनाना चाहता हूं।"

"यह बड़ा अच्छा काम है," कमला बोली–"मैं अपनी बहन के बच्चों को जानती हूं। उन दंगों में जो दर्दनाक घटनाएं हुई थीं, उन्हें

उन्होंने अपनी आंखों से देखा था। आज भी उसका बदला लेने की आग इनके दिल में दहकती रहती है। कुछ बच्चे जो अब जवान हो गए हैं, पंजाब के उग्रवादियों से जा मिले हैं और आतंकवादी गतिविधियों से जुड़ गए हैं।"

सदानंद ने सरकार को पत्र लिखकर अपनी योजना की जानकारी दी। जो संस्थाएं दंगा-पीड़ितों के बीच काम कर रही थीं उनसे संपर्क किया और एक ट्रस्ट बनाया और सरकार से स्कूल बनाने के लिए जमीन की मांग की।

कमला बोली-" उन भयानक दिनों की याद आती है तो मैं सिहर उठती हूं। उस समय मेरे पिता जी की बुरी हालत हुई थी। दंगे शुरू हो गए थे। चारों ओर बड़ा तनाव था। पिता जी शीशगंज गुरुद्वारे जाने के लिए घर से निकलने लगे तो मां ने उन्हें रोका था। यह कहते हुए कि शहर की हालत ठीक नहीं है। आज आप गुरुद्वारे मत जाइए, घर में ही रहिए। मेरी बड़ी बहन भी उस दिन अपने दफ्तर नहीं गई थी।

मैंने भी पिता जी से कहा-आज आप बाहर मत जाइए। बड़ी बुरी-बुरी खबरें आ रही हैं। यदि माहौल ठीक रहा तो शाम को हम सभी चलेंगे।

पर पिता जी नहीं माने। बोले-ऐसे समय लोगों का गुस्सा बहुत फौरी किस्म का होता है। फिर लोग मुझे क्या कहेंगे? मेरा ऐसी बातों से कोई वास्ता नहीं रहा। बस मैं माथा टेककर वापस आ जाऊंगा।

पिता जी बाहर निकले। जिस बस से वे रोज सफर करते थे और लालकिले के स्टॉप पर उतरकर पैदल ही चांदनी चौक की सड़क पर आ जाते थे। वहां उन्होंने देखा कि लोग गुटों में खड़े हुए बातें कर रहे हैं। पिता जी को देखकर वे उनकी ओर कुछ इशारा कर रहे थे। जब वे गुरुद्वारे की तरफ बढ़ रहे थे वहां उन्हें कुछ सिख स्त्री-पुरुष दिखाई दिए। अंदर रागी जत्था कीर्तन कर रहा था, पर उस दिन उनका मन कीर्तन सुनने में नहीं लगा। उन्हें अपनी ओर देखकर इशारों में कुछ बातें करते हुए लोग याद आने लगे।

माथा टेककर वे बाहर आए। घर लौटने को उनका मन बेचैन होने

लगा। हम सबकी चिंता उन्हें सताने लगी। आसपास उन्हें कोई थ्रीव्हीलर स्कूटर नजर नहीं आया। उन्होंने देखा–नेता किस्म का एक आदमी फुटपाथ पर खड़ा भीड़ के सामने भाषण दे रहा था–सिखों ने इंदिरा गांधी की हत्या कर दी है...इन्हें इसकी कीमत चुकानी पड़ेगी...इन्होंने हमारी मां को मार डाला है। हम इन्हें सबक सिखाएंगे।

उसी समय एक व्यक्ति ने उनकी पीठ पर हाथ रखा और बोला–सरदार जी, घर चले जाओ...इधर-उधर मत घूमो...माहौल अच्छा नहीं है। उन्होंने देखा नेता किस्म का वह आदमी, जो सबक सिखाने की बात कर रहा था, के चारों ओर भीड़ बहुत बढ़ गई है। वह पैदल कश्मीरी गेट की तरफ चल दिए, यह सोचकर कि आगे शायद कोई स्कूटर मिल जाए। उन्होंने अभी बड़ा चौराहा पार ही किया था कि उन्हें बड़ा शोर सुनाई दिया। वह धीरे-धीरे पुल के नीचे आ गए। सामने बड़े डाकखाने की बिल्डिंग दिखाई दे रही थी। वहीं एक टैक्सी धू-धूकर जल रही थी और बड़ा शोर हो रहा था। वे वापस मुड़ लिए और रिंग रोड पर आ गए, यह सोचकर कि वहां शायद कोई मुद्रिका बस मिल जाए। सोचा कि किसी तरह वे किंग्जवे कैंप पहुंच जाएं तो घर पहुंचना आसान हो जाएगा।

वे रूमाल से पसीना भी पोंछ रहे थे और अपना मुंह भी छिपा रहे थे, पर रूमाल छोटा था। कभी पगड़ी दिख जाती थी, कभी खुली दाढ़ी। रिंग रोड पर कोई शोर-शराबा नहीं था। उन्हें थोड़ी राहत महसूस हुई। सोचा, बस अड्डे से कोई साधन मिल जाएगा। उन्हें हम सबकी चिंता भी सता रही थी।

जैसे-जैसे धूप बढ़ रही थी चारों ओर उजाला भी बढ़ रहा था। ऐसे समय अपने आप को छिपाना भी बहुत मुश्किल हो गया था। तभी उन्हें लोगों से भरा एक ट्रक दिखाई दिया। ट्रक में चढ़े लोग नारे लगा रहे थे–इंदिरा गांधी अमर रहे...इंदिरा गांधी जिंदाबाद...।

बस अड्डे से उन्हें कोई बस जाती हुई नहीं दिखाई दी। वहां कोई स्कूटर या टैक्सी भी नजर नहीं आई। वे लुकते-छिपते पैदल ही चले जा रहे थे। तभी रिंग रोड से आते पांच-सात लोगों ने उन्हें देख लिया और चिल्लाए...सरदार...मारो...मारो...उनकी समझ में नहीं आया कि क्या

करें? आसपास ऐसा कोई मकान भी नहीं था जहां वे पनाह ले पाते। शोर बिलकुल उनके पास आ गया। सरदार...सरदार...मारो...मारो की आवाजों ने उन्हें घेर लिया। एक के हाथ में डंडा था, दूसरे के हाथ में लोहे की छड़ थी। कुछ के हाथ में लाठी और हॉकी स्टिक भी थी। एक चीखा—क्यों सरदार, तूने इंदिरा गांधी को मारा है। उनका उत्तर सुने बगैर ही उन पर लाठी, डंडे, छड़ की मार पड़ने लगी। वे जमीन पर गिर गए। ऊपर से मार भी पड़ रही थी और लात-घूंसे भी चल रहे थे। वे अपने को बचाने की कोशिश कर रहे थे। चारों ओर बेहिसाब शोर था। किसी ने उनकी पगड़ी उतार दी थी, कोई उन्हें बालों से पकड़कर घसीट रहा था। तभी पुलिस वैन की चीखती आवाज सुनकर हमला करने वाले लोग उन्हें मरा समझकर वहां से भाग निकले।

कुछ देर बाद पिता जी को होश आया। जैसे वे गहरी नींद से जागे हों। उन्होंने अपनी पगड़ी ढूंढ़ने की कोशिश की, पर वह नहीं मिली। उन्होंने अपने केशों को लपेटकर जूड़ा बना लिया। समय जानने के लिए कलाई में बंधी हुई घड़ी देखनी चाही, पर वहां घड़ी नहीं थी। उन्होंने अंदाजा लगाया, धूप ढल रही थी। वे किसी प्रकार उठे और जख्मों पर हाथ फेरते हुए चल दिए। फिर उन्हें बड़ी प्यास महसूस हुई। आसपास कोई पानी का नल नहीं था। उनके शरीर में बड़ा दर्द हो रहा था। प्यास के कारण उनका दम घुटा जा रहा था। यह अंदाज नहीं लगा पा रहे थे कि घर कितनी दूर है और किस दिशा में है।

वे उठकर लड़खड़ाते हुए चल दिए। उन्होंने देखा कुछ दूरी पर एक टीला था, जहां कुछ लोग बैठे बातें कर रहे थे। उन्हें लगा, उन लोगों से पीने का पानी मिल जाएगा। वे हांफते हुए उस टीले तक पहुंचे। बोले—मुझे थोड़ा पानी दीजिए...मेरी जान निकल रही है।

'तू सरदार है?' एक ने कड़क आवाज में पूछा।

उन्होंने बड़े विनती भरे स्वर में कहा—'हां...पर भाई, मुझे पानी पिलाओ...नहीं तो मैं मर जाऊंगा।'

दूसरे ने कहा—'अपनी जान की खैर मना और भाग जा यहां से...यहां कोई पानी-वानी नहीं है...भाग जा यहां से।'

वे फिर सड़क पर आ गए। समझ में नहीं आ रहा था क्या करें? सामने अधबने मकानों की कतार दिखाई दे रही थी। वहीं पास में वहां काम करने वाले मजदूरों की झुग्गियां बनी हुई थीं।

वे उसी ओर चल दिए। अंधेरा हो चला था। झुग्गियों से हलकी-हलकी रोशनी आ रही थी। उन्होंने देखा कुछ लोग उस ओर से आ रहे थे। उनका रंग एकदम काला था। घुंघराले कटे बाल थे और मोटे होंठ थे।

वे उनकी ओर बढ़ गए और बोले–तुम चाहो तो मुझे मार डालो...पर थोड़ा पानी पिला दो।

पिता जी बेहोश होने लगे थे। उनमें से एक ने उन्हें संभाला और बोला–'ये क्या बोलता है...हम तुम्हें क्यों मारेगा?'

वे बोले–हां...मुझे बहुत प्यास लगी है। उन दोनों ने उन्हें थाम लिया और कहा–'चलो हमारे साथ चलो।' और मुड़कर चलने लगे।

पिता जी को एकाएक लगा जैसे वे उन्हें किसी कत्लगाह की तरफ ले जा रहे हैं।

झोंपड़ी के पास पहुंचकर एक ने चारपाई बिछाकर उन्हें बैठाया। दूसरे ने पास खड़ी उतनी ही काली औरत से कुछ कहा।

वह औरत झोंपड़ी से पानी से भरा मटका और गिलास ले आई। बोली–'लो हाथ-मुंह धो लो।'

उन्होंने चुल्लू में पानी लेकर मुंह पर कुछ छींटे डाले। औरत ने उनके हाथ में गुड़ की एक डली रखते हुए कहा–'पहले यह खा लो, फिर पानी पीना।'

उन्होंने गुड़ का एक टुकड़ा खाया, फिर पानी पिया। फिर एक टुकड़ा खाया और पानी पिया। फिर कितने गिलास पानी पी गए। फिर निढाल होकर चारपाई पर गिर गए।

एक काला मजदूर बोला–'अपने घर का रास्ता बताइए...हम आपके घर वालों को यहां ले आते हैं। किसी तरह पिता जी ने उन्हें घर का पता बताया। कुछ देर में वह हम सबको लेकर वहां आ गया।' "

कमला बोली–"कितना भयानक था वह अनुभव। पिता जी मौत को कितनी बार छूकर घर वापस आ गए थे।"

25

उस दिन हेमंत आया। वह बड़ा उदास नजर आ रहा था। क्लैमर के ऑफिस में आनंद, सुनंदा और इम्तियाज बैठे हुए थे। हेमंत को इतना उदास देखकर सुनंदा बोली–"क्यों भाई, अब तुम इतना उदास क्यों दिखते हो? तुम्हारी मनचाही तो हो गई। तुम्हारी राह में सबसे बड़ा रोड़ा दयाकृष्ण था। अब तो रश्मि को उसने भी अपना आशीर्वाद दे दिया है।"

हेमंत बोला–"सुनंदा दीदी, बात सिर्फ इतनी नहीं है कि दयाकृष्ण जी ने रश्मि के साथ मेरे विवाह को स्वीकार कर लिया है। सभी जानते हैं कि उनकी इस समय क्या हालत है और खुद वे कितनी मुश्किलों से घिरे हुए हैं। मेरी उदासी तो इस बात को लेकर है कि दलित समाज की मुसीबतों में कोई कमी नहीं हो रही है। सदियों से उन पर अत्याचार होते रहे हैं और आज भी हो रहे हैं।"

इम्तियाज बोला–"क्या कोई नई घटना हुई है?"

"इम्तियाज भाई," वह बोला–"यह पूछिए कि ऐसी घटनाएं कब नहीं घटतीं। आज भी उन्हें गांव के कुओं से पानी नहीं भरने दिया जाता। वे अपने परिजनों की मौत के बाद उनका दाह-संस्कार उस श्मशान भूमि में नहीं कर सकते जहां ऊंची जाति के लोग करते हैं। दक्षिण भारत में तो दलितों को उन प्यालों में कॉफी नहीं मिलती, जिसमें ऊंची जाति के लोग पीते हैं।"

सुनंदा बोली–"हेमंत, मैं तुम्हारा दर्द समझती हूं। महाराष्ट्र के भंडारा जिले के एक गांव खैरलाजी में जो कुछ हुआ है, वह मैंने अखबारों में पढ़ा है।"

"मैं इसी घटना का जिक्र करने जा रहा था," हेमंत बोला–"जमीन के एक छोटे से विवाद पर गांव के ऊंची जाति के पचास लोगों ने एक

दलित परिवार के लोगों पर हथियारों सहित हमला कर दिया और परिवार के चार लोगों की बेरहमी से हत्या कर दी। यह सही है कि हमलावर पकड़े गए और फास्ट ट्रैक कोर्ट ने कुछ लोगों को आजीवन कारावास की सजा दी। बात सिर्फ इक्का-दुक्का घटनाओं की नहीं है। मुख्य बात तो यह है कि लोगों की मानसिकता में कोई परिवर्तन नहीं आ रहा है। उनके साथ जो भेदभाव सदियों से चला आ रहा है, वह आज भी कायम है और मौका मिलते ही फूट पड़ता है।"

सुनंदा बोली–"तुम्हारी यह बात बहुत सही है कि लोगों की मानसिकता बदलनी चाहिए। दलित समाज के लोग हिंदू समाज से बाहर न जाएं इस बात को लेकर गांधी जी ने आमरण उपवास की घोषणा की थी। उपवास से जब उनकी हालत बिगड़ने लगी तो देश के बड़े-बड़े नेताओं ने डॉ. अंबेडकर से यह आग्रह किया कि वे दलितों को हिंदू समाज से बाहर ले जाने का आग्रह छोड़ दें और गांधी जी का जीवन बचाएं। उन सभी ने उन्हें यह आश्वासन दिया कि अब दलितों के प्रति कोई भेदभाव नहीं होगा। उन्हें समाज में सभी के बराबर होने का दर्जा मिलेगा। उनके इस आश्वासन से डॉ. अंबेडकर ने अपना आग्रह छोड़ दिया। गांधी जी ने भी अपना अनशन समाप्त कर दिया। डॉ. अंबेडकर ने एक-दो वर्ष तक उन आश्वासनों को परखा। उन्होंने देखा कि गांधी जी के अनशन और नेताओं के आश्वासनों के बावजूद सवर्ण समाज की मानसिकता में विशेष बदलाव नहीं आया है। गांवों में उनके साथ वैसा ही व्यवहार होता है जैसे पहले होता था। उनका पूरी तरह मोह भंग हो गया।"

आनंद बोला–"तभी उन्होंने यह घोषणा कर दी थी कि अब वे हिंदू धर्म छोड़कर अपने दलित भाइयों सहित बौद्ध धर्म स्वीकार कर लेंगे।"

हेमंत सिर झुकाए सबकी बातें सुन रहा था–"अब आप मेरी उदासी का कारण समझ गए होंगे। मैं इस समाज में जीकर भी नहीं जीता हूं। मैंने उच्च जाति की एक लड़की से शादी जरूर कर ली है, पर मैं जानता हूं कि वह मुझे खींचकर ऊपर नहीं ले जा सकती। शायद

मैं उसे खींचकर नीचे ले आऊं...उसे दलित बना दूं...। हमारे बच्चे तो दलित ही माने जाएंगे।"

हेमंत की पीड़ा बड़ी मुखर होकर सबके चेहरों पर उभर आई।

"इस बीच कनाडा में एक वाकया हुआ," इम्तियाज बोला–"उससे इस देश के लोग भी कुछ सीख ले सकते हैं। यह तो सभी जानते हैं कि यूरोप की गोरी जातियों के लोग जब अमेरिका में जाकर अपनी कॉलोनियां बनाने लगे तो अपने हथियारों और फौजी ताकत के बल पर वहां के मूल निवासियों को या तो उन्होंने अपना गुलाम बना लिया या दूर-दराज जंगलों, पहाड़ों में खदेड़ दिया।

" कनाडा में भी यही हुआ था। कुछ हजार आदिवासी जिन्हें वहां इंडियन कहा जाता है, वहां गोरी बस्तियों के साथ ही रहते थे। बीसवीं सदी के शुरुआती दौर में गोरी सरकार के अफसरों ने सोचा कि इन लोगों का पश्चिमीकरण किया जाए और इन्हें ईसाई बनाया जाए। इनके पहरावे, सभ्यता, भाषा, रीति-रिवाजों को पश्चिमी रंग में ढाला जाए। सरकार ने देश के कुछ भागों में नए चर्च बनवाए, उनमें ऐसे स्कूल बनवाए जहां बच्चों को रखा जा सके। इन स्कूलों के लिए आदिवासियों के बच्चे पुलिस द्वारा जबरन ले जाए जाते थे और भरती किए जाते थे। उनके मां-बाप चीखते-चिल्लाते रहते थे, पर उनकी बात कोई नहीं सुनता था। मां-बाप को अपने बच्चों से मिलने भी नहीं दिया जाता था। ये स्कूल बिलकुल जेलों जैसे होते थे। बच्चों को बाहर नहीं जाने दिया जाता था। यहां तक कि किसी परिवार से दो बच्चे-सगे भाई-बहन जब स्कूल लाए जाते थे तो उन्हें आपस में मिलने भी नहीं दिया जाता था। स्कूलों में ईसाई धर्म की शिक्षा दी जाती थी। बच्चों को अपनी भाषा में नहीं, सिर्फ अंग्रेजी बोलने के लिए मजबूर किया जाता था। कोई बच्चा जब किसी दूसरे बच्चे से अपनी भाषा में बात करता था उसे कड़ी सजा दी जाती थी।

" इन बच्चों को अच्छा खाना भी नहीं दिया जाता था। नतीजतन बहुत से बच्चे चेचक और तपेदिक के शिकार हो जाते थे। कनाडा की गोरी सरकार का आदिवासियों के प्रति ऐसा रवैया तकरीबन एक सदी

तक चलता रहा।

" कुछ समय बाद कनाडा की जनता ने ऐसे स्कूलों का विरोध करना प्रारंभ कर दिया। वहां की सरकार ने भी यह महसूस किया कि ऐसी प्रथा इनसानियत के खिलाफ है। उसने इसे बंद कर दिया और जो बच्चे ऐसे स्कूलों में रहते थे, उन्हें उनके मां-बाप के पास भेज दिया। आखिर वह दिन भी आ गया जब कनाडा के प्रधानमंत्री ने वहां की संसद में आदिवासियों पर किए गए जुल्मों के लिए माफी मांगी। उस समय वहां की संसद में आदिवासियों के कुछ प्रतिनिधि भी बैठे थे। प्रधानमंत्री ने सिर्फ अंग्रेजी और फ्रांसीसी में ही माफी नहीं मांगी, बल्कि आदिवासियों द्वारा बोली जाने वाली बोलियों में भी माफी मांगी। वहां ऐसे लोग भी थे जिन्होंने उन स्कूलों में कुछ वक्त बिताया था। बाद में बहुत से ऐसे लोगों ने पत्रकारों के सामने अपनी आपबीती, यादों को रोते हुए बयान भी किया था। कनाडा के सभी राजनीतिक दलों और बुद्धिजीवियों ने सरकार के उस कदम की सराहना की और उसे अपना समर्थन भी दिया। देखने लायक एक बात है कि इतिहास के लंबे दौर में किस कौम ने किसी दूसरे देश या कौम पर ऐसे जुल्म नहीं किए हैं। इसलिए कनाडा सरकार द्वारा उठाया गया कदम एक बड़ी मिसाल है। "

सुनंदा इम्तियाज से यह सुनकर बड़ी खुश नजर आ रही थी। बोली–"इस देश में दलितों के प्रति कितनी सदियों से अमानवीय व्यवहार होता रहा है। उन्हें अछूत कहकर दुत्कारा गया है। कितना अच्छा हो कि इस देश का सवर्ण समाज दलित समाज से अपने द्वारा किए गए अत्याचारों के लिए क्षमा-याचना करे।"

आनंद ने हस्तक्षेप किया–"सुनंदा, तुम एक बात भूलती हो। ईसाइयों का कोई धर्मग्रंथ इस बात की पुष्टि नहीं करता कि आदिवासियों या दलितों के प्रति इस प्रकार का व्यवहार किया जाए। हमारी मुश्किल यह है कि देश के कितने ही ग्रंथ, जिन्हें धर्मग्रंथ की मान्यता मिली हुई है, शूद्र जातियों के प्रति ऐसे व्यवहार की न सिर्फ पुष्टि करते हैं, बल्कि उसे मानने का आग्रह करते हैं। कोई भी किसी स्मृति को उठाकर देखे। चाहे वह मनुस्मृति हो, याज्ञवल्क्य स्मृति हो, आपस्तंब स्मृति हो, गौतम

स्मृति हो–शूद्रों के प्रति इस प्रकार के भेदभाव का समर्थन करती हैं, बल्कि उसे धर्म की संज्ञा देती हैं। ऐसी स्थिति में दलितों-शूद्रों के लिए बराबरी का दावा करना धर्म-विरुद्ध हो जाता है। किसी शंकराचार्य से पूछकर देख लीजिए। ऐसे लोगों से दलितों के प्रति अन्याय के लिए क्षमा की उम्मीद करना, आकाश से तारे तोड़ लाने के बराबर है।"

हेमंत ने कुछ खीजकर पूछा–"आनंद जी, क्या ऐसा ही चलता रहेगा? क्या हम पर इसी प्रकार अत्याचार होते रहेंगे?"

आनंद ने कहा–"नहीं हेमंत, ऐसी बात नहीं है। भारत के संविधान ने इस प्रकार के भेदभाव को पूरी तरह नकार दिया है। इसे अपराध घोषित कर दिया है। मैं यह मानता हूं कि कानून बना देने से लोगों की मानसिकता नहीं बदलती, पर मुझे विश्वास है कि यह बदलेगी। इस वर्ग के लोगों को जो आरक्षण मिला है उससे बहुत से बंद दरवाजे खुलते नजर आ रहे हैं। देश की राजनीति में उनका दबदबा लगातार बढ़ रहा है। आज कोई भी राजनीतिक दल उनकी उपेक्षा नहीं कर सकता।"

सुनंदा बोली–"हेमंत, दलित समाज को अपना मुक्तिदाता स्वयं ही बनना होगा। इस समाज के लिए बाबा साहब अंबेडकर ने एक मंत्र दिया था–

पढ़ो, जुड़ो और संघर्ष करो।

यह मंत्र ही उनका मुक्तिदाता है।"

26

देसराज गंभीर कनाडा लौटने से पहले अपनी बेटी मुक्ता का विवाह भारत में ही किसी योग्य लड़के से कर जाना चाहते थे। उनकी पत्नी कुलवंती भी उनके साथ आई थी। दोनों चाहते थे कि मुक्ता कोई लड़का पसंद कर ले। दिल्ली के सुखदेव विहार में उनका एक फ्लैट था। जब वे कनाडा में होते, फ्लैट बंद रहता था। अपने काम-काज के सिलसिले में प्रायः वह दिल्ली आया करते थे। उस समय वे अपने फ्लैट की सफाई करवाकर वहीं रहते थे। यहां उनकी बड़ी रिश्तेदारी थी। उन्हीं के माध्यम से उन्होंने दो लड़के मुक्ता को दिखाए। मुक्ता ने दोनों से विवाह करने से इनकार कर दिया।

पहला लड़का उनके एक संबंधी मेहता जी ने सुझाया था। लड़का अपने माता-पिता के साथ न्यूयॉर्क में रहता था और शादी कराने के लिए ही भारत में आया हुआ था। देसराज ने सोचा यदि इस लड़के के साथ मुक्ता की शादी हो जाती है तो अच्छा है। टोरंटो से न्यूयॉर्क ज्यादा दूर भी नहीं है। वहां से मुक्ता बड़ी आसानी से उनसे मिलती भी रहेगी।

मेहता जी के घर पर ही नीरन और मुक्ता का मिलना हुआ। दोनों ने अपनी रजामंदी भी प्रकट कर दी।

एक दिन नीरन मुक्ता को कनॉट प्लेस के एक रेस्तरां में कॉफी पिलाने ले गया। वहां उसने उससे पूछा—"तुम कनाडा में रहती हो। तुम्हें वहां ही बड़ा अच्छा वर मिल सकता था, इस देश में आने की क्या जरूरत थी?"

वह बोली—"पिता जी चाहते थे कि मेरी शादी इस देश में रहने वाले अपनी बिरादरी के किसी लड़के से हो।"

नीरन ने कहा—"यह तो ठीक है कि हम दोनों एक बिरादरी के हैं,

पर मैं रहता तो अमेरिका में हूं।"

मुक्ता बोली–"आपको देखकर पिता जी के मन में यह मोह जाग गया कि अगर मैं न्यूयॉर्क चली जाऊंगी तो टोरंटो में रहते, उनका और मम्मी का मुझसे मिलना आसान हो जाएगा।"

"अच्छा ही हुआ," नीरन बोला, "तुम एक पिछड़े और भुखमरे देश में रहने से बच गई। यहां है ही क्या? सौ करोड़ से ज्यादा आबादी वाला देश गरीबों, झुग्गी-झोंपड़ियों से भरा हुआ है। आधी से ज्यादा आबादी के पास वाशरूम नहीं है। लोग शौच के लिए खुले मैदानों में जाते हैं। टूटी-फूटी सड़कें हैं, कितनी बेरोजगारी है। आधी जनता निरक्षर है और बात-बात पर लोग दंगे-फसाद शुरू कर देते हैं। लूटपाट की कोई कमी नहीं है। सुरक्षा नाम की कोई चीज नहीं है। गुंडे-बदमाश रेलगाड़ियों में घुसकर यात्रियों को लूट लेते हैं। इसके मुकाबले कनाडा-अमेरिका साफ-सुथरे और दौलतमंद देश हैं।"

मुक्ता बोली–"आप ठीक कहते हैं, पर अपना देश आखिर अपना देश है। अपनी मां कितनी ही बदसूरत हो, पर मां तो मां ही होती है।"

नीरन बोला–"तुम बड़े ही दकियानूसी खयालों की हो मुक्ता, लेकिन अमेरिका पहुंचकर ठीक हो जाओगी। तब तुम इस देश की तरफ पैर करके सोना भी पसंद नहीं करोगी।"

मुक्ता ने अपने माता-पिता से कह दिया–"मैं इस व्यक्ति से शादी नहीं करूंगी।"

फिर हंसराज सहगल के लड़के दीपक से रिश्ते की बात चली। सहगल जी का कश्मीरी गेट में मोटर पार्ट्स का बड़ा कारोबार था। नांगलोई में एक फैक्टरी थी, जहां पार्ट्स बनते थे। दीपक बी. ए. तक पढ़ा था और अपनी फैक्टरी में बने पार्ट्स की बिक्री के लिए देश के दूसरे हिस्सों में भी जाता था।

लड़की-लड़के ने एक-दूसरे को पसंद कर लिया। सहगल जी के घर पर ही कुछ शुरुआती रस्में हो गईं। दीपक टूर पर चला गया। उसने बड़ौदा पहुंचकर अपने होटल से मुक्ता को फोन किया। मुक्ता बाजार गई हुई थी। उसकी बात नहीं हुई। फिर उसने मुंबई पहुंचकर फोन किया,

पर मुक्ता से बात नहीं हुई। वह किसी सहेली से मिलने गई हुई थी।
बंगलौर से दीपक ने फोन पर कहा–"मुक्ता, यह मेरा तीसरा फोन है।"

मुक्ता बोली–"मुझे दो बार पता लगा था कि आपने दो बार फोन किया था। पहले बड़ौदा से फिर मुंबई से।"

"मैंने पूना से और हैदराबाद से भी फोन किया था। दोनों बार तुम्हारी मां की खरखरी आवाज सुनाई दी–मैंने फोन काट दिया।"

"आपने मुंबई से यह मैसेज छोड़ा था कि आप बंगलौर से फोन करेंगे। रात दस बजे। देखिए मैं फोन पर हाजिर हूं।"

दीपक कुछ नाराजगी भरे स्वर में बोला–"एक बात मैं तुम्हें बताऊं मुक्ता, मुझे इस बात की आदत नहीं है कि मैं किसी को इतनी बार फोन करूं और उससे मेरी बात न हो।"

मुक्ता के मस्तिष्क में कुछ घंटियां बजने लगीं। बोली–"इससे पहले आपका जितनी बार फोन आया मैं घर पर नहीं थी। न ही मुझे यह पता था कि आपका फोन आने वाला है।"

दीपक बोला–"इस बात का तुम्हें अहसास होना चाहिए था कि मैं फोन करूंगा। तुम्हें अपने घर पर मेरे फोन का इंतजार करना चाहिए था।"

वह हर शब्द दबा-दबाकर बोल रहा था।

मुक्ता के सिर में बजने वाली घंटियों की आवाज तेज हो गई।

"कमाल है दीपक बाबू, आपका मतलब यह है कि मुझे इस उम्मीद में कि आपका फोन आएगा, मुझे सारा दिन फोन की मेज से अपने पैर बांधकर बैठना चाहिए था? और धड़कते दिल से उस घंटी की बाट जोहनी चाहिए थी, जो आपके फोन की होती।"

"हां, तुम्हें यही करना चाहिए था," वह बड़ी तुर्शी से बोला–"जब अपने सपनों का राजकुमार मिल जाए तो हर लड़की ऐसा ही करती है। और हां, तुमने मुझे क्या कहकर बुलाया था–दीपक बाबू...मुझे यह बिलकुल अच्छा नहीं लगा। मैं तुम्हारा होने वाला पति हूं...म्यूनिसिपल कमेटी का बाबू नहीं हूं। तुम्हें यह मालूम होना चाहिए कि मैं कौन हूं

और मुझसे कैसे बात करनी चाहिए?"

मुक्ता के सिर में बजने वाली घंटियां अब झनझनाहट में बदल गईं। टेलीफोन पकड़े उसका हाथ लड़खड़ाने लगा। बोली–"क्या मैंने आपका अपमान किया है?"

"यह अपमान से कम नहीं है मुक्ता...मेरे माता-पिता भी मुझे दीपक जी कहकर बुलाते हैं। और हां...मैं किसी से खास तौर से अपनी होने वाली बीवी से बहस करना पसंद नहीं करता। मैं केवल जी हां सुनना पसंद करता हूं। तुम मुझसे बहस कर रही हो। क्या मैं यह जान सकता हूं कि जब मैंने बड़ौदा और मुंबई से फोन किया था, उस वक्त तुम कहां गई थीं?"

"मैं अपनी सहेलियों से मिलने गई थी।"

"देखो मुक्ता...अगर मुझसे शादी करनी है तो तुम्हें अपने आप को वैसे ही ढालना होगा जैसे मैं चाहता हूं...नो आर्ग्युमेंट्स...नो इफ्स एंड बट्स...ओनली येस। मैंने आज तक अपनी जिंदगी में नो नहीं सुनी।"

मुक्ता के सिर में तेज-तेज घंटियां बजती जा रही थीं। वह बिना कुछ बोले उसकी बातें सुन रही थी।

"तुम मेरी बात सुन रही हो मुक्ता।"

"जी...।"

"दैट्स लाइक ए गुड गर्ल..." वह अपनी आवाज को बहुत रोमानी बनाते हुए बोला–"मुक्ता...कुछ सोचा है कि हम लोग हनीमून के लिए कहां जाएंगे?...मैंने सोचा है कि हम लोग स्विट्जरलैंड चलेंगे।"

वह बिना कुछ बोले उसकी बातें सुन रही थी।

"तुम सुन रही हो ना?"

"जी...।"

"ठीक है। कल कोयंबटूर पहुंचकर तुम्हें फोन करूंगा...इसी वक्त। घंटी बजते ही फोन उठा लेना। तुम्हारे अलावा और किसी की आवाज मेरे कान में नहीं पड़नी चाहिए, खास तौर से तुम्हारी मां की... जाओ मुझसे मिलने के मीठे-मीठे सपने देखती हुई सो जाओ...स्वीट ड्रीम्स...।"

दीपक ने फोन बंद कर दिया।

कितनी देर तक वह वहीं गुमसुम बनी बैठी रही। कभी उसे लगता, वह किसी ऊंची पहाड़ी पर बनी समतल जमीन पर खड़ी है। वहां बड़ी ठंडी हवा चल रही है। चारों ओर बड़ी गहरी खाइयां हैं। कभी उसे लगता, वह गहरे समुद्र में उतर गई है। एक मगरमच्छ है जो उसकी तरफ बढ़ रहा है।

दूसरे दिन वह सारा दिन किसी से नहीं बोली।

दूसरे दिन उसके पिता ने पूछा—"क्या बात है? इतनी चुप क्यों हो?"

वह चुप बैठी रही।

मां ने पूछा—"कल रात दीपक टेलीफोन पर तुमसे क्या बातें करता रहा?"

"बकवास करता रहा—" वह बोली—"यह लड़का तो मुझे पागल कर देगा...मैं इससे शादी नहीं करूंगी।"

देसराज गंभीर नाराजगी प्रकट करते हुए बोले—"अजीब लड़की हो...उससे भी शादी नहीं करूंगी...इससे भी शादी नहीं करूंगी...माजरा क्या है?"

"पिता जी!" वह बोली—"आप चाहते हैं कि मैं सुखी रहूं, पर ऐसे बड़बोले लड़के क्या मुझे सुखी रख सकेंगे?"

"फिर...?" मां ने पूछा।

"फिर क्या...?" वह बोली—"जब कोई लड़का मुझे ठीक लगेगा, मुझे सिर्फ एक औरत नहीं, जिंदा इनसान समझेगा...मेरी भावनाओं को समझेगा...मैं हां कर दूंगी।"

देसराज बोले—"तुम्हें पता है न कि कुछ महीने बाद हमें कनाडा लौटना है। मैं चाहता हूं कि लौटने से पहले मैं तुम्हारे हाथ पीले कर दूं...तुम्हें दुलहन बना देख लूं...।"

"कुएं में ढकेलकर नहीं...," वह बोली—"आपने मुझे इतना पढ़ाया है...मुझमें इतनी समझ पैदा की है। यहां कोई मुझे ठीक मैच नहीं मिलेगा तो मैं आपके साथ कनाडा वापस चली जाऊंगी।"

देसराज फिर किसी योग्य वर की तलाश में लग गए।

आनंद बहुत खुश और उत्साहित दिखाई दे रहा था। क्लैमर के लिए विज्ञापनों की संख्या बढ़ गई थी। पंजाब सरकार से उसे एक पूरे पृष्ठ का विज्ञापन नियमित मिलने लगा था। वहां के सूचना और प्रचार विभाग के सचिव उसके प्रशंसक बन गए थे। कुछ समय से वे बड़े नियमित ढंग से क्लैमर पढ़ने लगे थे। आनंद के लेख उन्हें अच्छे लगते थे। किन्हीं मुद्दों पर वह सरकार की आलोचना भी करता था। इस आलोचना के कारण वहां के सरकारी क्षेत्रों में एक डर भरा वातावरण बन गया था। इसलिए भी लोग उत्सुकतापूर्वक क्लैमर के नए अंक की प्रतीक्षा करते थे।

बड़ी बात यह थी कि सरकारी विज्ञापनों के साथ निजी उद्योगों और व्यापारियों के विज्ञापनों में भी बढ़ोतरी हो गई थी। उसे सदा आर्थिक संकट का तनाव बना रहता था, जो अब काफी कम हो गया था। इसी कारण अब पंजाब के विभिन्न नगरों में जाना और विज्ञापनदाताओं से संपर्क बनाए रखना उसके लिए जरूरी हो गया था।

इस बार जब वह अमृतसर से लौटा तो अपने साथियों से बोला–"अगर आप अमृतसर जाएं तो सबसे पहले कहां जाएंगे?"

हेमंत बोला–"सबसे पहले स्वर्ण मंदिर जाकर माथा टेकूंगा।"

सुनंदा बोली–"स्वर्ण मंदिर में माथा टेकने के बाद मैं जलियांवाला बाग जाना चाहूंगी। वहां की एक मीटिंग में जमा भीड़ पर जनरल डायर ने अपने सिपाहियों से जिस प्रकार अंधाधुंध गोलियां बरसाई थीं, उसे याद करके रोंगटे खड़े हो जाते हैं।"

इम्तियाज ने कहा–"जलियांवाला बाग तो मैं भी गया था। स्वर्ण मंदिर को बाहर से जरूर देखा है, पर अंदर नहीं गया...पता नहीं मुसलमानों को अंदर जाने देते हैं कि नहीं।"

आनंद बोला–"तुम्हें यह जानकर ताज्जुब होगा कि जब पांचवें गुरु–गुरु अर्जुन ने यह मंदिर बनवाना शुरू किया तो इसकी नींव का पत्थर उस समय के बड़े मशहूर सूफी फकीर साईं मियां मीर से रखवाया था। इसका नाम हरि मंदिर है। महाराजा रणजीत सिंह ने इस पर

सोना चढ़वाया था। इसलिए इसे स्वर्ण मंदिर कहा जाने लगा। इस मंदिर में चार दरवाजे रखे गए। इसका मतलब था कि कोई भी व्यक्ति, चाहे उसका कोई भी धर्म, मजहब, नस्ल, रंग, लिंग हो इस मंदिर में आ सकता है, प्रसाद चढ़ा सकता है। अब जब कभी तुम्हें अमृतसर जाने का मौका मिले बिना किसी संकोच के अंदर जाना।"

वह कुछ रुककर बोला–"हरि मंदिर और जलियांवाला बाग के अलावा एक और बड़ी अहम जगह वहां है जिसे पिंगलवाड़ा कहते हैं। आप में क्या किसी ने भगत पूरन सिंह का नाम सुना है?"

हेमंत बोला–"हां, मैंने सुना है। बस उन्हें पंजाब की मदर टेरेसा समझिए।"

आनंद बोला–" हेमंत ठीक कह रहा है। भगत पूरन सिंह ने इनसानियत की जो सेवा की थी, वह बेजोड़ है। पिंगलवाड़े में पिंगले, लूले, लंगड़े, पागल, आधे पागल, बेसहारा बच्चों, छोड़ी हुई अनाथ औरतों, लावारिस लोगों को आसरा मिलता है। आजादी आने से पहले लाहौर के डेरा साहब गुरुद्वारे के बाहर चार साल का एक लूला लड़का लावारिस पड़ा था। शायद उसके मां-बाप उसे वहां छोड़ गए थे। भगत पूरन सिंह ने उसे अपना लिया। उन्होंने उसका इलाज करवाया, पर कोई लाभ नहीं हुआ। उन्होंने एक रेहड़ी बनवाई जिस पर लिटाकर उस लूले को अपने साथ रखा। उसकी टट्टी-पेशाब से लेकर नहलाने-धुलाने, कपड़े बदलने का सारा काम वे करते थे। उनके प्रयत्नों से जब पिंगलवाड़ा सोसायटी बन गई और कुछ दानियों की मदद से उसकी बिल्डिंग भी बन गई, लूला उनके साथ ही रहा। इस बात को पचास साल से अधिक हो गए हैं। वह पिंगला था, इसलिए इस सोसायटी का नाम पिंगलवाड़ा पड़ गया।

" इस काम में बहुत से लोग उनकी मदद करते हैं। बहुत से डॉक्टर जो शहर के मेडिकल कॉलेज में काम करते हैं, यहां आते हैं और मरीजों का इलाज करते हैं।

" एक अजीब बात बताता हूं। एक औरत को मिरगी के दौरे पड़ते थे। उसका पति बहुत परेशान था। इतना तंग था कि उसे छोड़ना चाहता

था। वह उसे पिंगलवाड़े में भगत पूरन सिंह के पास छोड़ गया। यहां उसका इलाज हुआ और प्यार भरा वातावरण मिला। कुछ महीने बाद वह ठीक हो गई। पिंगलवाड़े से उसके पति को संदेश भेजा गया कि तुम्हारी पत्नी अब पूरी तरह ठीक हो गई है, आकर इसे ले जाओ। पति उसे लेने नहीं आया। उसने शायद दूसरी शादी कर ली थी। अब वह औरत पिंगलवाड़े में ही रहती है और मरीजों की सेवा करती है। ऐसे बहुत से लोग हैं, जो अपने परिवार के लोगों को यहां छोड़ जाते हैं। फिर वापस नहीं ले जाते हैं। वे जानते हैं कि वे जिस पीड़ित व्यक्ति को यहां भरती करा रहे हैं उसकी जैसी देखभाल यहां हो रही है वैसी घर में नहीं होगी।

" आज पांच सौ से ज्यादा पीड़ित लोग यहां रहते हैं अब यहां का सालाना बजट कई करोड़ रुपए पहुंच गया है। "

इम्तियाज बोला–"पिंगलवाड़े की शाखाएं देश के सभी हिस्सों में खुलनी चाहिए।"

सुनंदा बोली–"पिंगलवाड़ा में जिस तरह की सेवा हो रही है वह एक मिसाल है।"

हेमंत बहुत भावुक हो गया–"भगत पूरन सिंह जैसे कितने ही लोग हमें चाहिए।"

इति

त्रयी में बहुत कुछ कहा गया और उससे कहीं अधिक अनकहा रह गया। पंजाब के मुख्यमंत्री बेअंत सिंह की हत्या वहां सामान्य होते जीवन की संभवत: अंतिम बड़ी घटना थी। उनका दावा था कि उन्होंने वहां पनपे आतंकवाद और उग्रवाद को पूरी तरह समाप्त करने में सफल हो गए हैं, किंतु फिर वे स्वयं उसी के शिकार हो गए।

दयाकृष्ण को पक्षाघात हो गया था। उसने अपनी बहन रश्मि का एक दलित युवक से विवाह करने को तो स्वीकार कर लिया था, उस पर लगे आरोपों की काली छाया उसे आज भी घेरे हुए है, केवल उसे ही नहीं उसकी पत्नी और बच्चे भी उस काली छाया की छांव में जीवन जीने को अभिशप्त हो गए हैं और पता नहीं इस स्थिति में कब तक रहेंगे।

सारी मानसिक उथल-पुथल के बावजूद सुनंदा ने अपने आप को समझा लिया है। आनंद और क्लैमर ही उसका जीवन है। उसी के साथ उसे जीना है।

गृहस्थ से संन्यास और संन्यास से गृहस्थ जीवन को पाने की लंबी यात्रा में सदानंद ने क्या कुछ नहीं देखा? अलौकिकता और चमत्कारों से भरे प्रपंचों, फिर हत्या के षड्यंत्रों में से गुजरते हुए वह कमला तक आ पहुंचा था। फिर वह वहीं ठहर गया और वहीं जीवन को नए अर्थ देने में लग गया। जीवन भर वह यह आकांक्षा लेकर चला था कि लोग उसे जानें, उसका आदर करें। अब उसकी चाहत थी कि वह लोगों को जाने, उनके बीच, उन्हीं का बनकर रहे, उसके गंदले जल में कमल खिले, जो खिला।

इम्तियाज का अपना रंग-रूप है। वह क्लैमर में इस्लामी संसार, मुस्लिम समस्याओं, स्थितियों पर लिखता है और आनंद से कितनी ही बातें करता है। वह उसका अंतरंग साथी भी है और क्लैमर से पूरी तरह जुड़ा हुआ है।

इम्तियाज ने अपने सामने दंगों की चपेट में आए कितने निरीह लोगों को मरते हुए देखा है और सुना है–'आई वांट टु सी देम डेड।' न चाहते हुए भी वह एक हिंदू महिला का भाई बन जाता है, उससे राखी बंधवाता है, माथे पर टीका लगवाता है। बटाई पर दी गई अपने गांव की जमीन को अपने हाथों से फिसलती हुई देखता है और मन मसोसते हुए जीता है।

हेमंत जानता है कि सदियों से उसके समाज को जो तीखी धूप झुलसाती रही है, अब वह ढल रही है। वह यह भी जानता है कि ढलती हुई धूप की तपिश अभी भी बनी हुई है जो उसे और उसके समाज को पता नहीं कब तक महसूस होती रहेगी।

आनंद एक धुरी है। कितना कुछ उसके चारों ओर घूमता है या वह उन्हें घुमाता रहता है–चाहे वह क्लैमर हो, सुनंदा हो, मनजीत हो, इम्तियाज हो, हेमंत हो, रश्मि हो, सदानंद हो। वह सूत्रधार है, उन विचारों का, चिंतन का, विश्वासों का, जो उसका अभिप्राय बन गए हैं। इस कारण उसके आलोचक पनपे हैं, सरकार की नजर टेढ़ी हुई है, आर्थिक संकट आया है, जेल के सींखचे मिले हैं, मित्र मिले हैं और सबसे बड़ी बात अपना आप मिला है।

जीवन की सबसे बड़ी चुनौती अपना आप होना है। इस दुनिया में सभी चाहते हैं कि आप कुछ और हों। सभी ओर से यह यत्न किया गया कि वह कुछ और बन जाए, कुछ और हो जाए, पर आनंद–आनंद ही रहा। कुछ और होने के प्रयासों को वह झेलता रहा। किसी को उसने सफल नहीं होने दिया।

समय के थपेड़े खाता जीवन आगे बढ़ रहा है।